Isekai

Reencarné como el rey mas pobre del mundo
Vol II

George Alfaro

Para todos aquellos que alguna vez quisieron ir a un mundo diferente.

Agradecimiento especial a Ari-chan (Alma Resendez) por su increíble portada.

Y a ti, querido lector, por darle la oportunidad a este isekai hispanohablante.

Introducción.

Han sucedido tantas cosas en los últimos meses y, aun así, no he encontrado ninguna respuesta para mi reencarnación. Una parte de mí deseaba tener un destino especial, como en las viejas historias "ISEKAI" que solía leer cuando era un adolescente en la otra vida.

Todos los reencarnados llegaban a sus mundos con un propósito especial, ya sea consciente o no. Y, sin embargo, conforme pasaba el tiempo mi esperanza de ser un elegido o alguien relevante fue apagándose poco a poco, lentamente, como una sombra en la oscuridad.

Mi reciente fracaso en la reunión con el Rey Vlad II y la muerte de Sora me hicieron entender claramente que no vine a este mundo con ventajas o trampas. Sino todo lo contrario; estaba jugando en modo difícil y sin importar mis esfuerzos las cosas no saldrían a mi manera tan fácil.

Ya he admitido mi antigua muerte y me prometí a mí mismo ser el mejor rey que haya pisado estas tierras. Pero una cosa eran las promesas y otra, muy diferente, las acciones.

¿Cómo podía convertirme en el mejor soberano?

«*Siendo un gran líder*»

Cierto.

Un rey no solo era el soberano de una nación, también se le consideraba el líder moral de toda la población y también la cabeza del estado. Por lo tanto, para convertirme en un gran rey debía subir mi nivel de liderazgo.

Y allí radicaba mi primer problema...

No tenía ni la más remota idea de lo que significaba guiar a los demás. En mi vida pasada fui un seguidor, no un líder. Siempre seguí las órdenes de mis profesores y superiores en el partido político, pues debido a mi edad no se me permitió formar parte de las reuniones importantes e iba más que nada como un oyente.

Todo sería más fácil si tuviese una ventaja, algo que me hiciera sobresalir ante las demás personas. No obstante, lo único que se parecía a una habilidad tramposa era mi conocimiento lector. Un talento que poco o nada servía para este tipo de situación.

Menudo problema.

Maldición, debí leer esos jodidos libros de "mentalidad de tiburón" cuando estaba en México, ya sabía que una gran mayoría era pura mierda sin sentido, pero una que otra palabra decente debía existir por allí.

En fin, Roma no se construyó en un día, pero a mí me urgía aprender lo más pronto posible.

Capítulo 1: Fiesta del té

El periodo de duelo fue más doloroso de lo que pensé. Todas las mañanas buscaba inconscientemente la figura de Sora parada junto a mi cama. Quería volver a dormir para verla en mis sueños, tan sonriente y campante como siempre debió ser. Jamás perdonaré a ese desgraciado de Vlad II por matarla.

Si bien el odio en mi corazón se amainó gracias a las palabras de mamá, los sentimientos fuertes no desaparecían de la noche a la mañana. Me costó mucho asimilar su fallecimiento y, por lo tanto, no quise tener otra sirvienta personal.

En su lugar, serían Aura y otras sirvientas más las encargadas de hacer limpieza dentro del cuarto, manejar mis atuendos, coordinar la cocina y demás. Ellas aceptaron esta medida de forma temporal, pues también estaban muy dolidas por la muerte de su antigua jefa.

¿Y cómo no estarlo?

Sora siempre tenía una sonrisa sobre sus labios, apoyaba a sus compañeras de trabajo y las guiaba en diferentes actividades. Nadie contradecía sus palabras, ni siquiera las sirvientas de más edad desobedecían sus comandos.

En cierto modo, ella era una líder ideal.

Alguien cuya presencia podía hacer toda la diferencia en una organización. Maldición, debí preguntarle a Sora algunos consejos para mejorar mi liderazgo; ella pudo haberme brindado una perspectiva diferente del tema.

Por desgracia, ya no podía preguntarle nada.

Su muerte continuaba siendo tema de conversación en los pasillos del palacio, la gran mayoría de mi corte sintió su asesinato como una muestra de opresión y el descontento general hacia el Reino de Apolo se volvía cada vez más notable.

«Supongo que tarde o temprano el reino estallará en caos. Necesito ser un gran líder antes de que eso suceda»

Sin embargo, la cuestión no desapareció.

¿Cómo volverme un líder capaz en tan poco tiempo?

Parecía una tarea imposible y sin la presencia de Sora, las cosas solo empeoraron más de lo que me gustaría admitir.

«Tal vez mamá pueda ayudarme»

Mis lecciones continuaron pese a mi tristeza, en las mañanas iba a las clases de economía/política con Gonzalo y durante la tarde recibía el entrenamiento de Sir Marte Hogan.

—Alteza, repasemos un momento lo que hemos visto hasta ahora. —Las palabras de Gonzalo me sacaron de mi trance justo a tiempo, no era bueno andar pensando demasiado las cosas y si bien, se vivían tiempos desesperados, tampoco quería ahogarme dentro de la melancolía.

—Bien —respondí con una sonrisa —. El sistema feudal se compone de juramentos entre la nobleza, cada duque tiene la responsabilidad de acudir a las armas cuando su señor así lo diga.

—Muy bien, procedamos a la economía. ¿Cómo se obtiene la mayor parte de ingresos?

—Mediante los impuestos de oro y producción, los plebeyos se encargan de trabajar la tierra y la nobleza de protegerlos. Aunque este sistema es algo obsoleto y poco a poco, los mercaderes van abriéndose camino hacia la verdadera riqueza y el control del capital. —Mi discurso hizo que Gonzalo mostrara una sonrisa orgullosa, estuvimos repasando estos conceptos por meses que la verdad ya me había desesperado.

Venir de un mundo capitalista a uno feudal fue un cambio del que probablemente nunca me acostumbraré, al menos deseaba llegar al capitalismo primitivo para sentar buenas bases a mis sucesores del trono.

—Bien dicho, alteza, ahora pasemos a la administración legal. ¿Cuáles son las obligaciones de un noble?

—Todos los nobles del Reino de Etrica deben prestar juramento hacia la corona. Desde el señor más pobre, hasta el duque más poderoso. Los caballeros, sin embargo, son una excepción; algunos pueden poseer castillos para defender fortalezas o condados, otros sirven como brazo armado que presta juramento a un noble y éste debe mantenerlos con un techo, comida, educación y salud. A diferencia de los mercenarios, los caballeros no reciben un salario, pero pueden recibir parte de las colectas para sus gastos personales y no pagan impuestos. —Más o menos comprendía las leyes de este país, todas favorecían a la nobleza y dejaban muy desprotegido al campesinado.

Claro, esto no iba a durar por siempre.

Pensaba nuevas reformas para hacer la vida de los plebeyos más fácil. Pues gracias a mis vivencias e ideales en mi vida pasada, entendía perfectamente lo mucho que sufrían las clases sociales más bajas. Yo mismo lo sentí en carne propia, vine desde abajo hasta conseguir mi título universitario y posterior aceptación en el partido político.

Todo iba bien hasta que me mataron, maldita sea.

Pero bueno, aquello ya pasó y no podía hacer nada para cambiarlo. Mejor pensar positivo, positivo, positivo...

—Excelente, creo que ha sido suficiente por hoy, debería descansar. —Gonzalo cerró el enorme libro de contabilidad y luego lo guardó en un estante —. Nos veremos mañana para tratar clases de historia.

—Claro, te veo después. —Salí del cuarto con la mirada cansada; no me molestaba estudiar, pero el proceso de Gonzalo era demasiado metódico y ciertamente, no me agradaba la idea de andar repitiendo los mismos términos una y otra vez.

Estiré mis músculos para desentumirme, poco a poco este pequeño cuerpo comenzaba a crecer. Y así lo seguirá haciendo hasta los 21 años.

«¿En dónde están Alda e Ingrid?»

Debido a la diferencia de habilidades teóricas, ambas niñas recibían clases juntas con otro tutor particular. Todo esto a petición de Alda, pues quería tener a una amiga con quien platicar durante las lecciones e igualmente, quería dejar al buen Gonzalo a solas con su interés romántico.

Menuda niña más lista, al menos para el shippeo.

—Su lección debió haber terminado hace media hora, ¿habrán ido al patio? —Pensé en voz alta y sin más demora me dirigí al jardín secundario donde mi hermana y yo pasamos el rato durante los descansos.

Ingrid no era fanática de correr, sudar y ensuciarse, pero nos veía jugar sentadita bajo el árbol de limón.

—Oh, buenas, chicas. —Grande fue mi sorpresa al verlas con vestidos primaverales, el de Alda era blanco y con florecitas bordadas en el centro. Ingrid, en cambio, utilizaba uno negro que hacía buen juego con su melena blanca.

Al verme, Ingrid se sonrojó y apartó su mirada, seguramente se sintió sorprendida por mi llegada.

—Hermano, ya era hora. Mira, mira, nos pusimos vestidos de primavera. ¿No somos lindas? —Alda se dio una vuelta completa para presumir su vestido, tenía una gran sonrisa en sus labios y rápidamente sujetó a su amiga para obligarle a hacer lo mismo —. Anda, Ingrid, muéstrale a mi hermano tu vestido.

—E-Eh, sí... ¿Te gusta, Ulric? —Fue difícil que me llamara por mi nombre y no "prometido", "señor" o peor aún... "Esposo", pero mis progresos con Ingrid al fin daban frutos.

Quería ser su amigo y brindarle la comodidad de una infancia cualquiera.

—Ambas lucen lindas, ¿dónde consiguieron los vestidos?

—La señora Girasol los mandó a hacer para nosotras, ¡le daré las gracias en la cena! —exclamó la niña de los ojos azules y cabellera oscura —. A Sora le encantará... Oh... —Su sonrisita desapareció durante unos instantes, al mencionar el nombre de nuestra amiga fallecida el rostro de Ingrid volvió a ser el mismo de antes: decaído y sombrío.

A mí no me afectó tanto su mención debido a la madurez emocional, una de las poquísimas ventajas de esta reencarnación. Aun así, no pude evitar inclinar la mirada con recordar a la recién finada sirvienta.

—E-Es duro —murmuró Ingrid Wall —. Y-Yo apenas pude conocerla, pero me siento muy triste...

—A-Ay, lo siento mucho, o-olvidé por completo ese detalle. Vamos, vamos, ¡no nos desanimemos! —Nuevamente mi media-hermana nos agarró de las muñecas y empezó a moverlas de un lado a otro para animarnos.

Yo sabía muy bien lo que intentaba.

Alda era la mayor en cuanto a edad y por esa razón, veía también a la pequeña Ingrid como su hermanita. Se estaba haciendo la fuerte frente a nosotros, pero yo conocía la verdad...

Todas las noches pasaba frente a su habitación sin tocar ni entrar y allí la escuchaba llorar. En su inocencia, Alda no se daba cuenta de que alguien escuchaba sus llantos. La muerte de Sora fue muy dura para ella, pues básicamente hacían todo juntas, era como la hermana mayor que siempre quiso; atenta, cariñosa y muy dulce.

Aun así, ella se guardaba esas emociones duras para sí misma y en público intentaba sonreír. Un gesto muy maduro para su edad.

—Ingrid, ¿por qué elegiste el color negro? —Quise llevarme las malas vibras para honrar los gestos de Alda, posteriormente la niña albina llevó su mano diestra directo al mentón para pensar una respuesta.

—Porque me gusta el color negro, combina con mi cabello. —Pese a la tristeza del momento, Ingrid intentó sonreír sin mucho éxito.

—Definitivamente luces mejor así. —Le devolví una sonrisa más grande y de inmediato, Ingrid se sintió aliviada por mis palabras. Recibir aprobación y cumplidos desde temprana edad mejoraba la autoestima de cualquier persona.

Y eso era algo que Ingrid necesitaba con urgencia, pues había sido tratada de muy mala manera por su condición de hija ilegítima.

—Mi hermano tiene razón, Ingrid, eres muy bonita con vestidos negros. ¡Pero yo también soy linda! —exclamó mi *"humilde"* hermana—. Con estos vestidos no podremos correr ni ensuciarnos, así que tomemos el té bajo el limonero.

—Oh, interesante, no pensé que te gustaran esos pasatiempos, Alda.

—Claro que sí, pueden gustarme las espadas y también las ceremonias del té. Una cosa no opaca a la otra, además, ¿cómo podría negarme a la comida?

Ciertamente sus palabras eran correctas.

Si te encasillabas en una cosa y no te permitías experimentar diferentes pasatiempos, entonces tu visión del mundo se vería limitada. Alda siempre estaba gustosa de probar cosas nuevas, nunca decía no a lo desconocido y probablemente, aquella era su mejor cualidad.

—Buen punto, la comida siempre es bienvenida.

Decidimos pasar juntos el resto del día platicando de nuestras rutinas y comiendo dulces bajo las hojas verdes. Ingrid tenía un talento innato para los movimientos elegantes, tomaba las tazas de té con una maestría propia de una señorita noble. A diferencia de Alda, cuyas manos apenas podían manipular las delicadas piezas de porcelana.

No la culpaba, nosotros empleábamos cuencos de madera y hierro para consumir alimentos, plata en el mejor de los casos. La porcelana y materiales más finos solo se usaban cuando había invitados o en ceremonias del té a las cuales mi hermana y yo no estábamos tan acostumbrados.

—A ver, Alda, tienes que doblar tus dedos así para que no se te caiga la bebida. —Ingrid sonrió mientras enseñaba a su amiga, debía ser nuevo para ella el ser la dominante en una conversación.

—E-Estoy en eso, Ingrid, pero no me rendiré. Dominaré el arte del té sin ningún problema.

—Suerte con eso —susurré, mientras tomaba mi tecito despacio.

Mientras mis dos preciadas compañeras seguían hablando de sus días, clases y avances con sus profesores, yo me mantuve centrado en cómo mejorar mi liderazgo. En primer lugar, ¿quién confiaría en un niño?

Para liderar primero necesitaba las credenciales correspondientes. Demostrar mi valía ya sea en combate, intelecto y encanto; factores que aún no estaban a mi alcance debido a la edad.

—Chicas, tengo una duda. —Mis palabras detuvieron la conversación animada que tenían, aun así, inclinaron sus cabezas casi al mismo tiempo y dirigieron su atención a mi persona —. ¿Ustedes saben cómo ser un buen líder?

—Un líder, ¿eh?, la verdad no lo sé, hermano, ¿por qué no le preguntas a la señora Girasol?, ella siempre está liderando este castillo.

—Y-Yo no sé nada de liderazgo, lo siento. —Ingrid inclinó su cabeza en señal de disculpa —. Siempre he hecho todo lo que me ordenan, pero nunca doy las órdenes yo.

—Descuida, Ingrid, estoy como tú; no sé cómo aprender a ser un líder y eso no es bueno. En el futuro dirigiré este país, necesito comprenderlo antes de mi coronación. —Me acabé la taza completa luego de mi declaración, posteriormente asentí al comentario de Alda—. Mamá… Sí, yo también pensé lo mismo, pero no quería incomodarla.

—No creo que la molestes, Ulric, la señora Girasol es una buena persona. —Ingrid limpió sus labios con un pañuelo blanco, no dejó ni una mancha sobre su piel y el mantel que colocamos sobre la mesita. Alda, por otro lado, fue una historia totalmente diferente.

—Que dura tu situación, hermano, ¡pero ánimo!, estoy segura de que encontrarás la respuesta que necesitas. Ahora sigamos comiendo, que aún no me lleno.

—N-No te deberías llenar, las fiestas del té son solo meriendas ligeras para esperar la cena. —Las palabras de la niña albina sonaban incómodas, a decir verdad, yo también tenía más hambre, estas galletitas eran tan pequeñas que ni siquiera contaban como bocadillo. Ni hablar del té.

—E-Eh… ¿Ósea que ya no puedo comer más galletas? —bufó Alda, con ojitos llorosos.

Ingrid y yo nos vimos mutuamente y luego de una sonrisa cordial decidimos hacer lo correcto.

—De acuerdo, un plato más y ya.

Capítulo 2: Liderazgo

Mamá era una mujer ocupada, solo la veíamos durante unos minutos a la hora de almorzar y en la cena. Luego del terrible incidente donde Sora falleció, Girasol continuó manejando la corte y lidiando con nobles enfurecidos que ya deseaban una guerra a gran escala.

Esto no me lo dijo ella, sino Sir Marte Hogan, cuyas preocupaciones con la plebe iban más allá de meros regaños. La animosidad se respiraba en la capital y en los poblados centrales, no así en la frontera, cuyo temor hacia el Reino de Apolo era más que evidente debido a los constantes saqueos y asaltos impunes.

Yo también quería entrar en combate contra esos miserables, pero no ahora. Una guerra contra nuestros desafortunados vecinos solo traería la muerte de mi pueblo y de paso, también la mía.

«No es momento de preocuparme por eso, primero necesito convertirme en un líder ejemplar»

Luego de cenar, Ingrid y Alda se retiraron a sus respectivas habitaciones, dejándome a mí solo con mamá. Yo mismo les pedí durante la merienda que me dejaran a solas para discutir el tema del liderazgo y de paso, mantenerme informado.

—Mamá, ¿puedo hablar contigo acerca de algo?

—Sí, claro que puedes, ¿qué necesitas, hijo? —Girasol acarició mi cabeza y luego sonrió, su mirada cansada y llena de ojeras me resultó admirable. Lo estaba dando todo por el bien del reino, sacrificando su salud mental y física para dejarme un país decente.

Solo podía expresar admiración a esta mujer.

—He estado estudiando y entrenando como te prometí, pero hay algo que todavía no comprendo del todo, ¿cómo puedo ser un buen líder? —Mi pregunta dejó pensando a mamá durante unos segundos, la hermosa mujer llevó su mano diestra directo al mentón y de inmediato me sonrió.

—Un líder… ¿Qué significa ser un buen líder para ti, Ulric?

—Supongo que un buen líder es aquel que dirige a los demás y es admirado por todos. Un ejemplo inmaculado de virtud, el más fuerte, más inteligente y poderoso de un país. Siempre he pensado que un buen líder debe predicar con el ejemplo, de lo contrario, sería solo un hipócrita. —Mi definición aún estaba muy verde, pues aquellos pensamientos eran los que yo tenía en mi otra vida.

Tuve jefes, profesores y superiores.

Cada uno con sus diferentes virtudes y defectos.

Seguí sus órdenes al pie de la letra porque aquello era lo correcto, siempre me consideré una persona honorable y dispuesta a seguir las reglas. Para mí, la insubordinación y la indisciplina no eran nada geniales; todo debía hacerse de acuerdo a la ley.

De lo contrario, no me sentiría cómodo conmigo mismo.

Sin embargo, ¿cómo le hacían ellos para que las demás personas pudiesen seguir sus ideales?

Nunca me había puesto a pensar en ello, pues tampoco seguía ciegamente a las personas. Analizaba cada norma y en caso de una injusticia era el primero en alzar la voz; una cosa era seguir el reglamento y otra, muy distinta, ser un agachón incapaz de dar su punto de vista.

—No estás equivocado, hijo. —Girasol me acarició la cabecita nuevamente, me encantaba la sensación de sus palmas recorriendo mis cabellos y la sonrisa dulce que me dedicó solo me hizo sentir más feliz—. Un líder es aquel que predica con la virtud, estás en lo correcto. Pero hay algo más importante todavía, ¿te das una idea?

— ¿Una ideología bien cimentada? —respondí con una pregunta, pero mamá negó con la cabeza.

—Una ideología es importante también, Ulric, pero si pones atención a tus libros de historia verás que cientos de reyes asesinos, déspotas y libertinos tenían un montón de seguidores detrás de ellos.

—Oh, es cierto. No lo pensé antes, pero los malos reyes también tenían séquitos leales a su disposición. ¿Por qué motivo un rey con ideales podridos tendría tanta gente siguiéndolo?, no creo que sea por la avaricia, el oro puede llenar tus bolsillos, pero no mantener la cabeza sobre los hombros. Esos monarcas fueron monstruos con piel humana, abominaciones que no pensaron en el daño que provocarían. Y sin embargo… ¿Por qué la gente decidió seguirlos?

—Eso es porque los humanos no seguimos a los símbolos, sino a las personas. Seguir devotamente a una ideología no es diferente a la religión; los dioses son perfectos, inmaculados e irreales. Son meros ideales que la gente se pone como meta para seguir dando lo mejor de sí. Un líder es diferente, Ulric, los líderes son humanos con errores y virtudes tan comunes como las demás personas. —Girasol se puso de pie y luego caminó hacia el borde de la mesa —. Pero tienen algo especial.

—¿Algo especial?

—Sí, una sensación diferente. Tu padre era un líder nato, las personas querían siempre estar cerca de él y radiaba un aura llena de seguridad. Yo no me considero una líder, pero tuve que aprender desde cero por necesidad. Todos podemos serlo, sin embargo, el camino hacia el liderazgo es distinto para cada individuo.

— ¿Y cómo puedo ser un líder, mamá?, tú aprendiste, yo también deseo convertirme en uno.

—Mi método para llegar al liderazgo fue… —Girasol hizo una pausa a su discurso, posteriormente negó con la cabeza sin darme mayor explicación —. No, si te digo mi método es probable que falles, somos personas diferentes, Ulric, nuestras circunstancias no son parecidas y si imitas mi camino, fallarás.

—¿Eh?, no te entiendo, ¿no puedes ayudarme?

—Puedo ayudarte, pero no de la forma que tú crees.

—Sigo sin entender.

—Y quizá es mejor así, Ulric, hagamos esto… Tengo un favor que pagar al Duque Steven y tal vez tú seas el indicado para eso.

— ¿Qué clase de favor?

—El Duque es una persona ocupada, tiene que dirigir grandes territorios y lidiar con nobles codiciosos, por lo tanto, no tiene el tiempo suficiente para terminar de educar personalmente a sus dos últimos vástagos. Verás, él tiene 5 hijos, cuatro hombres y una niña; los tres primeros fueron varones educados por él mismo y su ahora difunta esposa, los otros dos, sin embargo, tienen demasiado tiempo libre y han presentado personalidades problemáticas que no se adaptan al estándar oficial de Etrica, ¿ya me entiendes?

—Y ese favor que dices es… Dejar que sus últimos dos hijos vengan al castillo para ser educados aquí, ¿cierto?

—Exacto, pensaba esperar un tiempo antes de aceptarlos aquí. La niña tiene 11 años y el chico 10, pero si estás tan decidido a convertirte en un líder tal vez seas capaz de corregir los comportamientos nocivos que tienen. —Mamá me mostró una mirada desafiante, la misma que puso durante el funeral de Sora hace ya algunos días —. Como rey vas a tener que lidiar con nobles ambiciosos, traidores y mal educados, ésta será la prueba perfecta para medir tu temple y de paso, aprenderás a ser un líder poco a poco.

—Entonces aprenderé directo de la experiencia, no es precisamente mi método favorito de enseñanza, pero no veo mejores alternativas por el momento.

—Está decidido entonces, mandaré unas cartas y ellos deberán estar aquí a más tardar en dos meses.

—Gracias, mamá, ¡no te fallaré! —Le sonreí a mamá con toda la naturalidad posible, ella apreció el gesto, pues me devolvió la sonrisa y luego caminó directo a la puerta.

—Aún tengo unas cuentas por hacer, hijito, te veo mañana. Buenas noches.

—Claro, buenas noches.

Decidí dar una última caminata por el castillo antes de irme a mi cuarto, quería checar un dato importante para sentirme tranquilo. Avancé sin hacer ruido, en medio de los pasillos silenciosos, donde aún se respiraba el luto por el aire.

Los guardias solo me saludaron con la mano y se mantuvieron callados, nadie quería hablar o perturbar el silencio. Odiaba reconocerlo, pero la visita de Vlad II mermó el ánimo general de mi servidumbre y de paso, también la mía.

—Ya estoy…

Me paré frente a la puerta de Alda, no necesitaba abrirla ni entrar al cuarto para entender la situación. Solo tuve que pegar mi oreja a la madera y así escuchar el interior.

—Sora, te extraño mucho. —Alda yacía hablando consigo misma, mientras sollozaba con su pobre voz y llanto ahogado. Todo el día se mantenía sonriente por mi bien, intentaba llevar su rol de hermana mayor hasta las últimas consecuencias, a pesar de sentirse triste por su fallecimiento, Alda realmente se esforzaba más allá de sus propias capacidades.

La muerte de Sora fue un evento traumático para todos, en especial para mi media hermana. La sirvienta finada era más que una amiga para ella, siempre pasaban tiempo juntas como si fueran parientes de sangre. Leían libros y comentaban sus partes favoritas.

En cierto modo, Sora fue lo más cercano a una madre que Alda experimentó. Si bien, Girasol la trataba con cariño y amor, su relación siempre iba al lado formal, no bromeaban demasiado y en la mayoría de los casos, solo hablaban de temas serios.

Sora, por otro lado, era su escape juvenil, la persona con la cual platicaba de sus gustos e intereses, una adulta capaz de entenderla y guiarla por el buen camino sin necesidad de darle órdenes.

Un lazo así de fuerte no se conseguía de la noche a la mañana y por tal razón, su pérdida causó un daño emocional que desgraciadamente le duraría toda la vida.

Pues heridas así nunca sanaban del todo.

Escuché sus llantos durante 20 segundos más, hasta que se detuvo por culpa del cansancio.

¿Cuánto tiempo llevaba llorando?

Mejor no saberlo.

«No puedo permitir que esto vuelva a suceder, me convertiré en un gran líder y protegeré a este país de sus opresores. Ya lo verán, este llanto me duele también a mí, pero al mismo tiempo lo usaré de motivación para seguir entrenando»

Con esos pensamientos en mente yo también me fui a mi cuarto.

Había mucho por hacer y tan poco tiempo...

En fin.

Los días siguientes no fueron diferentes, continué con mis clases marciales e intelectuales sin faltar ni un solo día. Me vi más decidido que nunca, pues el llanto de Alda era un triste recordatorio de que aún no era rival para Vlad II y sus maquinaciones.

En cuanto al trabajo físico no tenía muchos problemas, como me mantenía constante ya no me dolían los músculos y poco a poco sentía que mi resistencia iba incrementando conforme pasaban las semanas. Golpear al muñeco no me causaba ampollas y mis palmas se acostumbraron a sostener el mango de madera.

Aún no era lo bastante fuerte para sostener una espada real, pero tarde o temprano mis músculos empezarían a crecer y allí entraría el verdadero entrenamiento de esgrima.

Sin embargo, la rutina sufrió un cambio inesperado cuando un nuevo miembro de la corte por fin se presentó ante nosotros.

Fue durante la reunión semanal del consejo real, donde mamá y yo nos reuníamos con este astuto personal para discutir los asuntos más relevantes del país. Yacíamos platicando acerca de los futuros impuestos cuando de repente, la puerta se abrió de golpe y un hombre ataviado en armadura de placas se presentó ante nosotros.

Era un sujeto intimidante, medía cerca de 1.77 de estatura, de complexión musculosa y atlética, era calvo y su rostro solo estaba decorado por una tenue barba oscura que cubría decenas de cicatrices en su cara.

—Sir Einar, es un placer tenerlo con nosotros. —Fue mamá quien le dio la bienvenida al caballero, éste inclinó su semblante para mostrarnos respeto.

—He terminado de adiestrar las tropas en el Ducado de Draco, ahora regreso a la capital para comenzar su petición.

—Y llega en buen momento, Sir Einar, Maestro de Guerra y comandante supremo. Mi hijo ya presentó disposición marcial para aprender el arte de la guerra y solo usted es digno de guiarlo.

Maestro de Guerra.

El título que tanto deseaba Alda.

—Será un honor entrenar a su majestad en cuanto a tácticas militares, Reina Regente, le aseguro que convertiré al Rey Ulric en un gran comandante militar. —Sir Einar me miró a los ojos con una determinación inusual, su aura era diferente a la de Sir Marte Hogan; él carecía de la bondad natural del caballero gigante y en su lugar, solo pude sentir la aspereza de un militar veterano.

—Cuento con usted, Sir Einar, empezaremos mi entrenamiento en cuanto termine esta reunión.

—Bien, llame a la señorita Alda con nosotros, la Reina Girasol me ha pedido enseñarle también. Nos veremos después. —Tras esta última orden, el comandante en jefe se retiró de la asamblea, no sin antes volver a dar reverencias educadas hacia los demás miembros del consejo.

—Entonces prosigamos con la reunión.

Mamá dio por concluida la noticia y sin más demora retomamos la charla. No discutimos nada fuera de lo común, simples cuestiones administrativas que debía memorizar, por ejemplo, el estado de las calles, si había agua en los pozos, enfermedades entre la plebe y demás asuntos rutinarios. Varios reyes delegaban estas tareas menores a sus respectivos administradores, pero yo prefería dominarlas por mi cuenta, antes de encargarle estos asuntos a otra persona.

Una vez concluida la asamblea, me dirigí a los barracones junto con Alda. Pues allí nos esperaba nuestra primera clase con Sir Einar...

Capítulo 3: Adiestramiento militar inicial

El rostro nervioso de Alda lo decía todo, miró alrededor de los barracones y centró su atención en las espadas colgadas. Este sitio no era muy grande, apenas contaba con tres armaduras completas encima de maniquíes de madera fina, al centro yacía una mesa con un mapa del reino y al fondo de la habitación había un baúl grande de hierro, probablemente guardaban repuestos allí.

— ¿Por qué tan nerviosa? —cuestioné a mi hermana, cuyo rostro no dejaba de sudar.

—E-Es mi primera vez junto al Maestro de Guerra, no soy buena en los estudios y no sé si podré hacerlo bien…

—Nadie nace sabiendo, por algo estamos tomando clases, solo relájate. —Segundos más tarde, Sir Einar entró a la habitación y sin decir ninguna palabra tomó asiento frente a nosotros. Las sillas de madera no eran cómodas en lo absoluto, me picaba estar sentado aquí y ni hablar del respaldo en mal estado.

¿Tan fea era la vida militar?

—Bien, no perdamos el tiempo con introducciones. Yo soy Sir Einar, mientras estén aquí ustedes no son miembros de la realeza, solo aprendices. Obedecerán y escucharán mis palabras a cada momento. No habrá trato especial. ¿Entendieron?

—Sí, señor —contestamos al unísono.

—Excelente, Alda, pregunta para ti, ¿cómo se compone nuestro ejército? —Nuestro mentor cuestionó a mi hermana sin piedad alguna, Alda llevó su mano diestra directo al mentón y luego respiró profundamente.

—El ejército de Etrica se compone de cuatro sectores diferentes: hombres de armas, levas, mercenarios y caballeros nobles. —La respuesta de Alda fue correcta, ambos vimos estos temas de reojo con Gonzalo y debido a ello no nos agarraron en curva.

—Muy bien, al menos saben lo básico, esto facilitará las cosas. Escuchen con atención, hasta el momento ustedes han recibido una educación marcial basada en el camino del guerrero. Sir Marte Hogan es un gran caballero, pero no un comandante militar. Conmigo aprenderán a usar la cabeza, recuerden que los guerreros ganan batallas, pero los generales son los que consiguen la victoria definitiva en las guerras. Pensar es más importante que cualquier honor o heroísmo, si tenían aspiraciones de convertirse en luchadores legendarios y ser acobijados por los bardos en canciones, entonces pueden retirarse.

Ni Alda ni yo salimos del cuarto.

Ambos sabíamos perfectamente que tipo de persona era Sir Einar; para él, la caballería era un estorbo.

—Estamos dispuestos a aprender, Sir Einar, un buen monarca necesita ser un comandante militar excelente. Se vienen tiempos duros para nuestro país, no es momento de héroes.

—Eso es lo que deseaba escuchar, alteza. —El profesor volteó su semblante a mi media hermana, ésta igual asintió con la cabeza y dejó al mentor proseguir con la clase —. Bien, voy a comenzar explicando el sistema de reclutamiento.

—Lo escuchamos.

—El Reino de Etrica no cuenta con un ejército permanente como en los tiempos míticos, en su lugar, todos los hombres y mujeres sin hijos deben entrenar bajo las órdenes del capitán de la guardia una vez por semana. Se les enseña a usar una lanza con escudo, también a disparar con el arco largo y cada dos meses los barones realizan torneos de arquería para mantener a la población activa. —La explicación de Sir Einar ya la había escuchado antes con Gonzalo, no obstante, el caballero se puso de pie y caminó hacia la pared trasera del recinto, lugar que albergaba una lanza junto a un escudo.

— ¿Las levas son obligatorias, cierto? —preguntó Alda.

—En efecto, lo son. Si alguien se niega a prestar su servicio militar se le considera traidor y recibe un castigo. —El militar tomó el armamento sin problemas y de inmediato lo colocó sobre la mesa —. Esta es una lanza de infantería promedio, cada campesino está medianamente instruido para mantener la línea con esta cosa entre sus manos. Aquí el escudo de madera, tiene forma de triángulo y es útil para bloquear proyectiles que caen del cielo, intenten cargarlos.

Alda agarró el mango de madera y torpemente cargó la madera entre sus manos. Su lanza se tambaleó de un lado a otro y, por ende, volvió a dejar la pica de nuevo sobre la mesa.

—E-Es pesada —murmuró mi hermana—. Probemos con el escudo.

La niña no pudo cargarlo, el peso era demasiado para sus delicados brazos. Conmigo pasó algo parecido, si bien pude levantar a duras penas esta lanza, el broquel de madera fina estaba fuera de cuestión. Aún no contaba con la potencia física para sujetarlo.

—Alda tiene razón, es un equipamiento pesado.

—Incluso un adulto tendría problemas para cargar eso por grandes distancias. Como generales, ustedes deberán calcular la resistencia de sus tropas para no cansarlas más de la cuenta, pero sin dejar que se vuelvan holgazanes. En fin, ya hablaremos después de moral y acondicionamiento, pasemos a la siguiente parte del ejército: los hombres de armas, ¿me podrías explicar lo que son, alteza?

—Los hombres de armas son soldados profesionales al servicio de un noble. Juran lealtad a su señor y a diferencia de los milicianos, sirven como guardias, tropas de choque y caballería pesada.

—¿Y cuál es la diferencia con los caballeros nobles? —volvió a preguntar.

—Los caballeros no forman parte del ejército regular y en su lugar, se reúnen en órdenes de caballería independientes que funcionan como regimientos de élite especializados. Otros, sin embargo, sirven como caballeros errantes que prestan sus servicios cada determinado tiempo y una vez que concluyen los conflictos, vuelven al camino. Cabe destacar, maestro, que muchos caballeros sirven como hombres de armas, pero no todos los hombres de armas son caballeros. Es un rango social dentro de la milicia. —Sabía que leer esos enormes libros tenía su recompensa.

Alda se quedó con la boca abierta y Sir Einar solo pudo sonreír ante mi conocimiento.

—Correcto, parece que avanzaremos rápido contigo. Señorita Alda, sigue usted, ¿podría explicarme cómo funcionan los mercenarios?

Mi hermana sonrió nerviosamente y jugó con sus cabellos durante algunos segundos. Le hice una señal de ánimos con mi dedo gordo y ella relajó tantito sus músculos para no parecer tan tensa.

—Los mercenarios son soldados a sueldo que solo están por una determinada temporada. Les pagas para una campaña y luego vuelven a vagar por allí.

—Tu respuesta no está equivocada, pero es muy superficial. Los mercenarios operan de muchas formas y su organización es igual de compleja que nuestras propias levas. —El Maestro de Armas inhaló aire para empezar a dar su discurso—. Las espadas de alquiler pueden venir de dos formas: como agentes independientes o mediante compañías mercenarias. En operaciones pequeñas la gran mayoría de efectivos son guerreros solitarios que piden una cuota para ofrecer sus servicios. Estos soldados sirven mediante una comisión mensual y marchan junto a las tropas regulares.

—¿Y las compañías mercenarias? —cuestioné, pues a mí tampoco me quedó muy clara la diferencia.

—Una compañía mercenaria es una organización militar privada, sus líderes suelen ser nobles menores o militares distinguidos con muchísimo carisma. Ellos entrenan diariamente y su presencia puede ser vital en el campo de batalla. Pero cobran caro, muy caro, muchos reinos se han ido a la quiebra por contratar compañías mercenarias de gran tamaño. Nosotros actualmente no podemos pagar a ninguna. —Me imaginaba que las cosas serían de esta manera, en mi mundo también existían las compañías militares privadas y los gobiernos las contrataban para no tener que mancharse las manos en incidentes internacionales.

Aquí la cosa iba por el mismo rumbo.

— ¿Y cuántos miembros tiene una compañía mercenaria? —volví a preguntar. En verdad me interesaba aprender todo lo relacionado con la milicia.

—Algunas compañías son pequeñas y solo tienen de 200 a 500 integrantes, las más grandes pueden tener hasta 10000 unidades entre caballería, infantería y proyectiles.

—S-Son muchos, ¿todos son guerreros profesionales? —La pregunta de Alda también fue buena, gesto que Sir Einar apreció.

Un buen discípulo nunca se quedaba callado y en ese aspecto andábamos bien.

—La calidad de un mercenario es errática, habrá espadachines que probablemente serán los mejores de su generación y también sujetos que simplemente tomaron una lanza y se adiestraron en ella para no tener que pasar hambre. Nunca confíen en los mercenarios para una defensa, pues son los primeros en correr; en cambio, úsenlos a la ofensiva, ya que van dispuestos a saquear y apoderarse de todo lo que encuentren.

Saqueo.

Esa palabra no me gustaba en lo absoluto.

Fruncí el ceño mientras llevaba mi mano izquierda a la cabeza, la simple idea de perpetuar un acto tan barbárico me causaba repulsión. En mi vida pasada todas estas acciones yacían penadas por tratados internacionales, pero aquí las cosas no eran tan humanitarias.

— ¿Qué pasa si prohíbo el saqueo? —pregunté.

Sir Einar me quedó viendo con una mezcla de confusión y sorpresa.

Y no podía culparlo, ni siquiera la dulce Alda dijo algo al respecto. Pues esto era natural para todos los habitantes de este mundo.

—Prohibir el saqueo es difícil, alteza, los soldados que luchan las guerras son hombres simples y guiados por sus instintos. La gran mayoría no sabe leer y tampoco sienten remordimiento de sus acciones; cuando ellos sostienen sus armas se transforman en bestias. —Sir Einar inclinó su semblante durante unos instantes, pero luego retomó su fortaleza —. Si usted prohíbe el saqueo, entonces las tropas perderán moral y es probable que una parte se ponga en su contra. Yo no lo recomendaría, a menos que tenga un plan de respaldo.

Hubo un silencio en la sala.

En efecto, no quería dejar que los soldados se transformasen en bestias sanguinarias.

Un saqueo bajo mi mando era inadmisible.

¿Cómo podía permitir semejante destello de crueldad e inhumanidad?

No, no me imaginaba a mí mismo comandando un atraco violento.

—Prosigamos la clase…

El resto de la lección fue sencilla, Sir Einar nos enseñó las líneas de suministro y demás rangos del ejército. Meras formalidades a memorizar para el futuro; no obstante, la idea de no tener saqueos continuó rondando en mi cabeza.

¿En verdad podré cumplir tal promesa?

¿O acabaré siendo un hipócrita al final?

La respuesta me daba miedo, no quería descubrirla de mala manera.

En fin.

Con las clases militares dentro de mi agenda me vi forzado a cambiar mis horarios: dejé las clases intelectuales con Gonzalo a las 9:00 AM, luego, a las 12:00 PM, iba a lecciones con Sir Einar y después de comer, al filo de las 5:00 PM, el entrenamiento físico.

Para mi fortuna descansaba el último día de la semana (domingo en mi vida pasada) y durante las noches, tiempo que utilizaba para jugar, relajarme y pasar tiempo con Alda e Ingrid. Mamá tampoco quiso saturarme, pues deseaba darme una infancia lo más normal posible. Dentro de las circunstancias.

—No soy precisamente fanático de tantas ocupaciones.

El séptimo día se había transformado en mi favorito.

Y fue justo allí donde Alda tuvo una idea absurda, pero curiosa al mismo tiempo. Estábamos disfrutando el mediodía debajo del limonero, cuando de pronto mi media hermana elevó su voz para llamar nuestra atención.

— ¿Y si jugamos a verdad o reto?

— ¿Verdad o reto? —Ingrid y yo hablamos al mismo tiempo, este juego también era popular en mi vida pasada. Sobre todo, en reuniones informales.

—Así es, las reglas son simples, cada uno de nosotros tendrá un turno de preguntar a otro. Si elige una verdad, deberá comprobarla para evitar trampas y en caso de reto, no debe ser algo que nos meta en problemas, ¿estamos de acuerdo? —cuestionó Alda.

—Yo le entro.

—Quiero jugar también —murmuró Ingrid.

—Bueno, yo comienzo… Ingrid, ¿verdad o reto? —Alda lanzó sus garritas contra la indefensa niña, ella lo pensó durante 10 segundos hasta que finalmente dio su respuesta.

—V-Verdad.

—Ok, vamos a ver, ¿te pintarías el cabello de otro color?

Una pregunta muy inocente.

Alda no era tan mala para poner incómoda a su mejor amiga, sobre todo porque aún no superaba sus pesares y temores.

—No, me gusta mi cabello. —La respuesta de Ingrid vino acompañada de una sonrisa —. Ustedes me han dicho que se ve lindo y e-eso es muy importante para mí.

Verla con la suficiente autoestima y confianza también me hizo feliz. En estos meses la personalidad de Ingrid había mejorado poco a poco, pasó de tener ataques de pánico a cada rato, a ser una niña relativamente normal.

Su progreso como persona me alegró la tarde.

—Y siempre se verá bien —asentí, mientras enseñaba mi dedo gordo en señal de aprobación.

— ¡Claro que sí! —secundó Alda —. Ahora va mi hermano, ¿verdad o reto?

—Reto, obviamente.

—Muy bien, te reto a hacer 100 lagartijas ahorita mismo.

—¡Eh!, son demasiadas y no quiero sudar.

«Ok, retiro lo dicho. Alda solo será amable con Ingrid, su desafío fue también una declaración de guerra que no dejaré pasar.»

— ¿Entonces quieres el castigo? —bufó mi poco adorable hermana.

—No, las haré.

Mis bracitos no estaban hechos para semejante rutina, así que fui intercalando series de 20 hasta que logré las 100. El calor me hizo sudar y mis antebrazos gritaban de cansancio, pues no calenté ni tampoco reposé mucho tiempo entre cada serie.

—O-Oh, bien hecho. —Alda no esperó que yo fuese capaz de soportarlo, seguramente deseaba ponerme un castigo vergonzoso. Para su mala fortuna... ¡Mi terquedad era bien conocida desde la otra vida!

—Me toca, Alda, ¿verdad o reto?

«
La venganza nunca es buena, mata el alma y la envenena. Pero se siente muy bien.»

—Reto. —Por orgullo y temor, Alda se vio forzada a tomar el desafío.

—Veamos, te reto a que me repitas el proceso militar que aprendimos esta semana. —Mi ambiciosa hermana era muy capaz de sobrellevar desafíos físicos, por lo tanto, decidí golpearla en su punto débil: los estudios.

Ingrid sonrió y le dio unas palmaditas en la cabeza.

—Ánimo, Alda, seguro sabes la respuesta.

—Claro que la sé —susurró la retadora—. Las guerras se ganan con batallas a campo abierto y luchas campales, eso lo sabe todo el mundo, ¿cierto?

Ingrid y yo nos miramos mutuamente.

La niña de blancos cabellos no estudiaba instrucción militar con nosotros, pero hasta un inexperto de la guerra sabía a la perfección que los combates entre ejércitos suponían pérdidas enormes para el bando perdedor.

—Error. En realidad, las guerras se ganan tomando fortalezas, asegurando pueblos y destruyendo los campos de cultivo enemigos. Más combate urbano que campal, lo vimos esta semana. Así que toca un castigo... —Mis ojos parecían los de un villano caricaturesco, Alda se escondió detrás de Ingrid en un débil intento de salvar su dignidad.

—E-Eh, pero casi le atiné.

—Claro que no —respondí—. Tu castigo será ir hasta la cocina y traernos panecitos a mí y a Ingrid, pero tú no podrás comerlos.

—E-Eh, ¿por qué no?

—Porque es tu castigo.

—Ay, que malo. Pero acepto la derrota. —Alda salió corriendo rumbo a la cocina, dejándome junto a la pequeña Ingrid.

—Piensas darle la mitad de tu pan, ¿verdad? —El comentario de mi amiga estaba en lo cierto, tampoco era un ogro para dejar a la pobre Alda sin botanear, además, los panes eran muy grandes y no quería llenarme antes de la comida.

—¿Cómo supiste?

—Porque ya te voy conociendo mejor, Ulric, nunca harías algo para lastimar a Alda en serio. Eres muy bueno.

—Así deberían ser los reyes. —No me gustaba pavonear frente a los demás, pero hacerlo de manera informal tampoco estaba mal. Hinché el pecho de orgullo y como respuesta, Ingrid volvió a reírse.

—Yo también le daré un trozo del pan, la comida sabe mejor cuando la compartes con tus amigos.

Había escuchado esa frase muchas veces en mi vida pasada, sobre todo en la universidad. Los alumnos se reunían juntos en la cafetería y siempre buscaban una excusa para comer en compañía. Yo no tenía tiempo para eso, me centré demasiado en mejorar mis habilidades y debido a ello, comía solo.

Nunca me sentí mal ni deprimido por ello, al contrario, aprovechaba ese tiempo en soledad para ajustar mis ideas y relajarme. No me consideraba un marginado social, tampoco un inadaptado, simplemente mis prioridades eran otras.

¿Cómo podía disfrutar algo que desconocía?

Fue en este mundo donde aprecié el valor de la amistad y la familia.

Y por ello estaba muy agradecido con todos mis seres queridos.

—Tienes razón —murmuré, mientras me deshacía de las memorias pasadas y centraba mi atención en el presente.

—Oh, Alda ya vino, ¡qué rápida!

Luego de su regreso continuamos jugando hasta que los sirvientes nos llamaron a comer.

La herida en nuestros corazones poco a poco cicatrizaba, tardes de juegos y sonrisas como ésta eran fundamentales para dejar ir el dolor que nos causó la muerte de Sora. Por primera vez no tocamos el tema y en su lugar nos enfrascamos en una competencia de verdad o reto que duró hasta el crepúsculo.

Después de todo, a Sora no le hubiese gustado que perdiéramos nuestra infancia por su muerte. Ella siempre veló por mi bienestar y el de Alda también.

Esa misma noche me pasé por la habitación de mi hermana y estuve allí casi media hora. No escuché ningún llanto ni lamentación, al contrario, logré oír risitas juguetonas provenientes de una lectura romántica que tanto amaba.

«El duelo no es eterno. Tarde o temprano llega un nuevo día y eventualmente, los malos recuerdos se quedan atrás para dar paso a un nuevo futuro. La vida continua y está en nosotros decidir si avanzamos o nos quedamos atrás.»

Luego de aquella reflexión final decidí volver a mi cuarto, ya no tenía nada que hacer aquí.

Capítulo 4: Nuevo desafío

Los hijos del duque llegaron justo como mamá predijo.

Vinieron acompañados por una escolta bien armada, los soldados cargaban consigo cotas de malla pesadas, yelmos de hierro, grandes escudos con forma de lágrima y lanzas de roble con puntas de acero. Nada que ver con las picas campesinas que a duras penas se mantenían de pie.

Un total de cien hombres arribaron a mis murallas y como anfitrión era deber mío alojarlos. A los militares les dejé usar las habitaciones de las barracas para que siguieran sus rutinas de entrenamiento con mi guarnición. Los niños fueron otra cosa diferente; el primero era un chico de 11 años, con cabellos castaños y ojos cafés, tenía sobrepeso muy notable y debido a ello sus cachetes parecían enormes globos.

Su rostro no traía buen ánimo y solo inclinó su semblante conmigo por educación.

—Alteza y Reina Regente, un placer. —La voz chillona y asustadiza del niño me dio una débil primera impresión. Por otro lado, su hermana se posó ante nosotros e hizo un saludo educado.

—Gracias por acogernos. —La niña era delgada, de piel pálida y cabello gris, portaba una falda negra con bordados amarillos que se asemejaban a un jardín de flores. Los ojos oscuros tan comunes y sencillos emitían una confianza excesiva en sí misma —. Es un placer estar aquí.

—El placer es todo nuestro, el rey les mostrará el castillo mientras yo me encargo del papeleo. —Girasol volteó su semblante al mío y sin pensarlo dos veces me lanzó la responsabilidad.

Estos dos niños tenían actitudes poco eficientes y recaía en mis manos guiarlos hacia el camino de la virtud. Para ello necesitaba conocerlos mejor y dar un veredicto de lo que sucedía.

—Por aquí.

Los tres caminamos sobre los pasillos del palacio, allí cada guardia y sirviente les dedicaba educadas reverencias dadas sus condiciones nobles. Como hijos de un duque habían vivido con enormes privilegios y desatención, pues eran los dos hermanos más pequeños.

—Sirvientes aceptables, supongo. —La pequeña hizo un comentario grosero, con esto más o menos me daba una idea de su comportamiento.

—¿Cómo te llamas?

—Soy Yuka Vaso Negro, perteneciente a la dinastía más importante del Reino de Etrica. Mis antepasados se remontan a la era mítica, así que dirígete a mí con el debido respeto, alteza.

—Muy bien, Yuka Vaso Negro, espero que tu estancia en mi castillo sea buena. Nos aseguraremos de brindarte la mejor educación posible.

—No espero menos.

— ¿Y tú? —Dirigí la palabra al niño y éste rápidamente inclinó el semblante, lucía molesto, avergonzado y algo fastidiado.

—Soy Ronaldo Vaso Negro. —Una presentación seca, sin palabras adicionales ni emociones, el pequeño no parecía estar contento con su presencia en mi palacio.

—Espero que la pases bien aquí, Ronaldo.

—Sí. —No dijo nada más, su timidez era diferente a la de Ingrid Wall; ella se comportaba así por los abusos sufridos durante toda su vida. Este niño, según mi primera impresión, actuaba de esta forma por razones diferentes que aún no sabía del todo.

Yuka y Ronaldo.

Mis dos nuevos problemas a resolver.

Mientras avanzábamos fuimos saludados por Ingrid y Alda.

Ambas venían de sus lecciones con Gonzalo, la niña de cabellos blancos les sonrió pese a la vergüenza de conocer gente nueva, Alda, por otro lado, casi se lanzó sobre ellos con una sonrisa de oreja a oreja.

—B-Buen día —murmuró Ingrid.

— ¡Nuevos amigos! —exclamó Alda, con mucho entusiasmo.

Por desgracia, lo que sucedió después rompió totalmente mis expectativas.

— ¿Y quién te crees tú?, hija bastarda. —Ah, puta madre, dijo la palabra prohibida. Yuka miró a mi hermana con verdadero asco, ese rostro no era el típico desagrado infantil que yo esperaba encontrar. Sino odio verdadero, una intensidad y desprecio que solamente adultos podían hacer.

La sonrisita de Alda se esfumó en un dos por tres.

Ingrid, en cambio, bajó la cabeza y se guardó sus palabras.

No pudieron haber tenido un encuentro peor que éste, ¿o sí?

— ¿Cómo me llamaste? —Alda no era fácil de enojar, pero la manera en que la vieron y el hecho de que ese insulto no solo iba dirigido hacia ella, sino hacia Ingrid también, le hizo perder los estribos con suma facilidad.

—Aparte de ilegítima, estás sorda. Los de tu calaña me dan asco, alteza, ¿por qué se junta con esta chusma?, un rey debería rodearse solo de la más alta nobleza. —Yuka caminó hacia el frente y encaró a mi media hermana con arrogancia —. Pero te lo repetiré... Bastarda, tú y esa niña también.

—Cuida tu lengua, estás hablándole a la prometida del rey. —Alda también la encaró frente a frente, las dos niñas demostraron su odio mutuo con fiereza. Mientras Ingrid y Ronaldo solo veían desde atrás el lamentable espectáculo.

—Una prometida que fue usada para burlarse de nuestro reino. ¿Por qué debería respetar a una extranjera sin tierras y cuyo único propósito es joder a

Etrica? —Pese a su edad, el discurso de Yuka estaba demasiado desarrollado, era como hablar con una adulta—. Ambas dan pena, no me hablen.

—Y-Yo solo quería ser amistosa, no tienes por qué comportarte de ese modo. —Alda respiró profundamente para no estallar en furia, odiaba ser insultada sin darle la oportunidad de probarse a sí misma—. Discúlpate con nosotras.

—No.

—Al menos discúlpate con Ingrid, ella no te ha hecho nada malo.

—No me disculparé con nadie, maldita sea, entiende tu lugar.

Ok, suficiente.

Di un paso al frente y ensombrecí mi semblante, mientras me interponía en medio de las chicas.

—Ya escuché bastante, Yuka, mientras estés en mi castillo respetarás mis reglas. El cómo funcione la sociedad me importa un carajo, aquí no se dice la palabra bastardo. Te lo dejaré pasar una vez por tu sangre noble, pero si vuelvo a escuchar esa jodida palabra yo mismo te golpearé en la cara y tumbaré esos putos dientes, ¿me entendiste? —El niño quiso defender a su hermana, pero le di una mirada tan furtiva que simplemente dio un paso hacia atrás—. ¿Quieres decir algo?, Ronaldo.

—N-No puedes hablarle así a mi hermana.

—Claro que puedo, ¿o tú me vas a detener?, vamos al patio de armas a ver si realmente tienes huevos, cabrón. —Dejé que mi lado mexicano saliese una vez más, mi comportamiento causó shock tanto en Ingrid, como en Alda, pero Yuka no mostró mayor sorpresa.

Estaba muy acostumbrada a los arrebatos.

—Usted es un rey, pero tiene que tratarme con respeto, no soy una mezquina miserable como estas dos, ¡hermano!, defiende mi honor.

—E-Eh… Y-Yo… —El pobre niño se estaba cagando del miedo, sentí lástima por él, pero cometió el error de intentar defender un mal comportamiento.

Él lo sabía.

Sabía que su hermana estaba obrando mal y por mero instinto protector abrió la boca.

— ¿Qué pasa, hermano?, ¿no me vas a defender?, eres más grande y fuerte que este mocoso. Ulric aún no es el rey, todavía no lo han coronado, mientras sea un niño técnicamente no es nuestro soberano, no temas y pelea con él.

Ah, maldita niña.

Tenía al pobre Ronaldo en la palma de su mano.

Y ciertamente, necesitaba ver las habilidades marciales de este niño.

—B-Bueno, vamos…

Alda e Ingrid no dijeron nada, me siguieron al patio de armas donde tomamos dos espadas de madera y luego nos colocamos a 3 metros de distancia. Con solo ver a Ronaldo sujetando el arma pude entender rápidamente que no tenía talento.

Le temblaban las manos y su mirada estaba centrada en el piso y no en mis hombros.

—Mírame a los ojos —exigí—. Te doy el primer movimiento.

—Y-Y si mejor me disculpo... No me gusta la violencia, la considero innecesaria.

—Demasiado tarde —lamenté—. Si te hubieras quedado callado no me habrías forzado a esto. Tu hermana tiene que aprender a medir su boca o las personas cercanas a ella sufrirán.

— ¿Y a mí qué me importa? —bufó Yuka—. Mi hermano es un gordo inútil, no me molesta si le das una tunda, quizá hasta se vuelve hombre. De todos modos, es deber familiar proteger el honor de las niñas buenas como yo, ¿cierto, Ronaldo? —La sonrisa desquiciada de Yuka me hizo entender lo mal que estaba de la cabeza.

Esta mocosa fue criada de una manera muy diferente.

¿O era yo la excepción?

¿Todos los nobles mayores eran realmente tan poco empáticos con las demás personas?

—Retira tus palabras, Rey Ulric... —Ay, por el amor de Dios, esto ya no podía ponerse peor.

El chamaquito yacía con las piernas hechas fideos gordos y su cuello sudoroso no tenía nada que envidiarle al océano. Ni siquiera agarraba bien el mango del arma y el peso de la espada parecía querer tirarlo en cualquier momento.

Pese a ser más corpulento y fuerte que yo, su valor era el de un gatito recién nacido.

—Muy bien, vamos a pelear.

Sujeté el mango de madera fuertemente y esperé a que Ronaldo lanzara su ataque. El niño gordito corrió en dirección mía con la espada de entrenamiento casi resbalándose de entre sus dedos. No tuve ningún problema en esquivarlo con un desplazamiento lateral y de inmediato apunté a su cabeza.

— ¡No! ¡Hermano! —Alda me gritó justo antes de que le reventara el cráneo; detuve la hoja de madera a pocos centímetros de su cabeza —. Esto es absurdo, él no debe sufrir por el comportamiento de su hermana.

—S-Si, Ulric, no lo lastimes, él solo cumple con su honor familiar. —Ingrid se unió a la defensa de Ronaldo, pero éste en lugar de mostrarse agradecido soltó el arma y nos dio la espalda.

—Meh, esto no es divertido. ¿Acaso no puedes ser más cobarde?, los hombres de la familia Vaso Negro han sido guerreros implacables desde la era mítica. Lo siento por nuestros ancestros.

—Maldición… —Y sin decir más palabras, Ronaldo salió corriendo del campo de entrenamiento. No dio las gracias a mis amigas, menudo cobarde mal agradecido.

—No ha estado mal, Rey Ulric, quizá tengas madera de rey después de todo. Pero no me obligarás a respetar a esas dos pelmazas. Si quieres lograrlo, tendrás que hacerlo por la fuerza.

—Las respetarás, quieras o no.

Yuka también abandonó el campo de entrenamiento con una sonrisa triunfal sobre sus labios.

Puta madre.

¿En qué problema me metí?

«Mamá tenía razón, corregir a estos dos niños será una tarea titánica que seguramente aumentará mi nivel de liderazgo.»

— ¿Estás bien, hermano? —Alda puso una de sus manos en mi hombro derecho, Ingrid hizo lo mismo, pero en el izquierdo.

—Ulric, ¿te sientes bien?, nunca te había visto tan molesto.

—Sí, lamento que hayan visto eso. Es solo que la actitud de Yuka es algo que precisamente no puedo soportar. —Solté un suspiro lleno de resignación y luego llevé mi mano diestra directo al rostro.

Había demasiado trabajo por hacer y no tenía ni idea de cómo proceder.

¿De quién era la culpa?

¿Del Duque por no educarlos correctamente?

¿Mía por no resignarme a la realidad?

Ya de nada servía buscar responsables de este comportamiento, sino soluciones eficaces. Me quedé callado unos instantes, mientras Alda e Ingrid continuaban viéndome con sus semblantes realmente preocupados.

—Gracias por defendernos, hermano, lamento si no pudimos hacer mucho para ayudarte...

—No, Alda, no tienes nada que agradecer. Es mi deber como soberano el mantenerlas seguras dentro de mi castillo. Yuka está equivocada y se lo demostraré, solo necesito tiempo para ello...

Capítulo 5: Ronaldo Vaso Negro

Un problema a la vez.

Yuka era demasiado astuta y muy implacable, pese a su tierna edad ya tenía idea de cómo funcionaba el mundo. Sea por una mala experiencia o educación anticipada, los ideales de esa niña iban más enfocados a la política que a la empatía.

Por lo tanto, decidí centrarme primero en Ronaldo Vaso Negro, cuya personalidad cobarde e insegura le traía grandes problemas en una sociedad marcial como la nuestra.

Ronaldo recibió clases junto a Ingrid y Alda, Yuka, al igual que yo, tomaba lecciones adelantadas debido a su intelecto. Gonzalo me comentó claramente que ese niño no era inteligente, le costaba distinguir las letras y pronunciar palabras en voz alta.

Su nivel de intelecto no era diferente al de un criado que tomaba una o dos clases por semana. Debido a ello, Ronaldo tuvo que empezar desde cero las cuestiones más básicas de español y matemáticas.

—Ese niño no tiene habilidades ni talentos, tendré que esforzarme más. —Fue lo que dijo Gonzalo cuando le pregunté acerca del chiquillo.

En cierto modo ya me lo imaginaba.

La autoestima y el valor individual tenían mucho que ver con las habilidades propias. Algunas personas nacían dotadas con talento, otras con una perseverancia digna de admirar. Para desgracia suya, Ronaldo no poseía ninguna actitud eficiente en los estudios.

Esto no debería sorprenderme.

Existían millones de personas en el mundo, no todos podían ser genios o talentosos como lo eran Alda y Yuka en sus respectivos campos.

Ronaldo Vaso Negro era un individuo común repleto de personas extraordinarias.

Mamá me dijo que sus hermanos mayores eran guerreros poderosos, luchadores capaces de ganar torneos y justar como verdaderos caballeros. Heredaron las facciones finas de su madre y solo Ronaldo tuvo la corpulencia del Duque.

Estar en constante comparación seguramente le hizo perder la confianza en sí mismo.

—Creo que subestimé sus problemas.

Por su físico no esperaba un buen desempeño en el patio de armas, pero creí que al menos Sir Marte sería capaz de guiarlo por el buen camino. Grande fue mi decepción al saber que no entrenaría conmigo y con Alda.

Según mamá, el Duque Steven trajo a un entrenador privado consigo para endurecer a Ronaldo y volverlo un luchador formidable como sus hermanos.

Además, sus horarios no coincidían con los nuestros...

Maldición, todo iba cuesta arriba.

Decidí esconderme detrás de una pilastra para observar de lejos la cesión de entrenamiento que solo Ronaldo y su maestro de armas tenían. El tipo era un sujeto muy diferente a Sir Marte.

Tenía el cabello negro con canas alrededor del cráneo y una barba oscura sin ninguna mancha blanca. Portaba una brigantina de placas café, botas de hierro, guanteletes del mismo material y un bacinete abierto.

—E-Estoy listo, Sargento Morsa.

—Bien, mocoso, espero que este cambio de aires te haga mejorar. Estoy harto de verte fracasar. Volvemos al trabajo físico, dale 10 vueltas a este patio de armas, ¡ya!

—S-Sí...

Ronaldo iba ataviado con un jubón ligero color café, calzas oscuras y zapatos negros de cuero. Un atuendo típico de entrenamiento militar.

Corrió durante 4 minutos sin parar y casi completó una vuelta, una demostración poco espectacular, pero coherente dadas sus capacidades físicas.

«*Bueno, todos comenzamos de la misma forma. Nadie nace sabiendo.*»

O eso quería pensar.

El Sargento Morsa se puso frente a Ronaldo y sin piedad le dio un empujón que le hizo caer de espaldas.

—Maldita sea, no has terminado ni una puta vuelta, ¿por qué te detienes?

—E-Estoy cansado, déjame tomar aire y sigo.

— ¿Tomar aire?, ¿eres un imbécil o qué?, llevamos 2 años entrenando juntos y no veo ninguna mejora. ¡Corre! ¡Corre, maldita sea!

Ronaldo inclinó su rostro y rápidamente se reincorporó como pudo. Trató de correr durante unos segundos más, pero solo volvió a detenerse y escupir saliva con tintes de vómito.

UGH.

Ok, esto no lucía nada bien.

— ¡Maldito gordo! —El sargento lo jaló del pelo y le hizo ponerse de pie —. Tienes suerte de ser el hijo del Duque, de lo contrario ya te habría molido a golpes yo mismo. ¿Por qué pierdo mi tiempo contigo?, no me pagan lo suficiente para tener que soportar a un debilucho como tú.

—E-Entonces vete —respondió Ronaldo —. E-Es estúpido que deba ser un guerrero, ¡soy el hijo del Duque Steven!

—Déjate de tonterías, toma la espada de madera, te enseñaré a mantener la guardia.

—S-Solo vas a pegarme —bufó el niño, con cierto resentimiento en su voz.

—Te pego porque tu guardia es un asco, ¡sube la espada!

Justo como Ronaldo dijo, Morsa le dio unos cuantos trancazos en el hombro izquierdo, pecho y rodilla derecha. No le tocó la cara por obvias razones, pero sí le dejó el resto del cuerpo magullado y ni hablar del sudor que tiró a cántaros.

Solo necesité de 10 segundos para llegar a la siguiente conclusión: *Ronaldo nunca sería un espadachín.* Su postura era defectuosa y su talento nato inexistente, quizá si dedicase su vida al arte de la espada podría convertirse en un luchador competente. Pero ni siquiera tenía el gusto o la pasión a las batallas.

Todo un caso perdido.

Salí de allí sin ninguna respuesta sobre mi mente.

¿Cómo volver valiente a un niño que no deseaba serlo?, su actitud pusilánime sería entendible en un mundo pacífico, pero en éste simplemente no cuadraban los valores.

Avancé en medio de los pasillos con miles de pensamientos dentro.

—Ronaldo no tiene interés en mejorar, he visto esa actitud antes —susurré, mientras recordaba a las personas que conocí en mi vida pasada.

Nunca me consideré alguien talentoso.

Siempre tuve que esforzarme al máximo para lograr resultados, sin embargo, no todos tenían una determinación como la mía. Me tocó ver a personas como yo, sin habilidades especiales o recursos para sobresalir; ellos no daban el cien por ciento de sus habilidades y decidían dejar algo que nunca les iba a traer resultados.

Tampoco los culpaba.

Pues todos éramos libres de vivir acorde a nuestras ideas.

Sin embargo, una cosa era el deber cívico y otra, muy diferente, la ideología personal.

Me sentía como un perrito persiguiendo su cola, por más que le daba vueltas al asunto no encontraba nada satisfactorio, solo preguntas, preguntas y más preguntas que poco a poco me iban volviendo loco.

«Supongo que hablaré con él más tarde, necesito encontrar la manera de motivarlo.»

Esperé a que diesen las 7 PM, una hora antes de cenar y ya libres de ocupaciones.

Ronaldo siempre iba a su habitación y rara vez se le veía caminando en los pasillos o corriendo junto a mis amigas.

Por lo tanto, no resultaría difícil encontrarlo.

—Ronaldo, ¿puedo pasar? —Toqué la puerta de su alcoba y de inmediato, el niño respondió.

—Sí, alteza.

Entré a su habitación sin mayor prisa, el lugar era relativamente pequeño a comparación de mi cuarto, contaba con una cama tradicional en el centro, un tocador al fondo del lugar y en la esquina izquierda yacía un lienzo pintado. Ronaldo tenía consigo pinceles y pintura extraña en un recipiente de madera.

—Buenas tardes, ¿estás ocupado?

—Para usted, no. —Ronaldo no lucía contento con mi presencia, pero su educación le impedía echarme del cuarto.

«*Bendito seas, rango de rey*»

—He notado que tienes algunos problemas con tus habilidades marciales, ¿quieres que te ayude?, podría darte a otro tutor.

—No, alteza, son órdenes de mi padre. Necesito aprender del sargento Morsa, nada más, nada menos. Pero gracias por su oferta. —La mirada del niño lucía fastidiada conmigo, mi presencia no le era grata y solo me toleraba por mi rango.

Rápidamente comprendí que Ronaldo y yo jamás seríamos amigos. No obstante, no deseaba su amistad, sino motivarlo a ser más fuerte.

— ¿Qué dibujas?, ¿puedo ver? —pregunté.

—Adelante.

Lo que vi fue una postal increíble, Ronaldo dibujó un jardín de flores y árboles demasiado detallista. Yo no era un conocedor del arte ni tampoco alguien capaz de apreciarlo al máximo, pero incluso un novato como yo sabía que aquellos trazos no eran para nada sencillos.

«Ya veo, Ronaldo tiene talento para la pintura. No existe nadie sin habilidades en este mundo, solo personas que aún no han encontrado su vocación.»

—Oh, se ve bien. ¿Cuánto tiempo llevas pintando?

—5 años, empecé desde pequeño. A mis padres les molesta mucho este pasatiempo, dicen que no es propio de un guerrero. —Ronaldo dejó el pincel en un recipiente pequeño y posteriormente suspiró, como si contar la historia fuese una verdadera molestia para él —. Pero yo no pedí serlo, odio las armas y sudar, también detesto las letras. ¿Por qué demonios debo hacer cosas que no me gustan?, se supone que soy el hijo de un duque.

—Tienes verdadero talento y amor por tu arte, eso es bueno. Sin embargo, la vida no se trata solo de hacer lo que te gusta, de ser así, jamás tocaría un libro de estadística en mi vida. —Hice una mueca igual de fastidiada, en realidad odiaba los números y todo lo relacionado a la economía.

Sobre todo, en un mundo sin los avances capitalistas como éste.

—Pero podrías hacerlo —respondió el niño —. Muchos nobles lo hacen, dejan las responsabilidades a la servidumbre, como debe ser. Esto es mero capricho de mi padre, usted como el rey podría no hacer nada y nadie le vería mal, al contrario, sería lo normal.

—Tal vez tengas razón —admití —. Pero no quiero ser un fracasado ni un flojo, probablemente tú tampoco.

—A mí no me importa. De ser por mí dejaría todas las responsabilidades a mis sirvientes y me dedicaría por completo al arte. ¿Por qué desperdiciar tu tiempo en cosas que no sirven?

—Ya veo —suspiré, al parecer no podré hacerlo cambiar de opinión —. ¿En serio piensas eso?, ¿qué todas las cosas que no te gustan o te interesan son inútiles?

—Así es, ¿tiene usted más dudas?

—No —respondí —. Sigue con lo tuyo.

Me retiré de nuevo a mi habitación y me puse a pensar la misma pregunta, una y otra vez, como si fuese una grabadora en mal estado: ¿Cómo darle motivación a este muchacho?

Capítulo 6: Honor

La reunión con el consejo se canceló debido a un evento de fuerza mayor.

Mamá y yo fuimos informados de un asunto grave, al parecer, un Barón perteneciente al ducado de Macedón fue denunciado y atrapado por nexos con el Puño Gris.

Yo mismo promulgué la ley en contra de las asociaciones delictivas y ciertamente, reduje con éxito la corrupción. Pero fue ingenuo de mi parte pensar que los nobles no intentarían hacerlo a mis espaldas.

Debido a su condición de noble, solo inferior al grado de Duque, este siniestro personaje pidió una audiencia conmigo para checar su situación jurídica.

Craso error.

Pues no tenía pensado caer ante sobornos ni explicaciones baratas. En todo el Reino de Etrica, nadie odiaba más a los criminales como yo. Mis razones sobraban…

El juicio se llevaría a cabo dentro de la sala del trono, allí, mamá y yo nos colocamos en la silla montada encima del estrado. Alda, Ingrid, Yuka y Ronaldo también estaban presentes, pues Girasol consideró necesaria su presencia como una advertencia.

Básicamente les decía: *"Si ustedes cometen esto, recibirán un castigo ejemplar"*

En fin.

Los otros miembros del consejo también estaban presentes, la guardia real comandada por Sir Marte Hogan y el Maestro de Guerra hicieron acto de presencia como mi brazo armado oficial; sin mencionar a los hombres de armas que de por sí custodiaban la sala principal.

Como dato curioso, este implicado era un sobrino lejano del tesorero gordo que arresté hace varios meses. No me sorprendió saberlo en lo absoluto, una familia que no impartía valores a sus miembros tendía a cometer los mismos actos ilícitos.

—Que pase el acusado. —Mamá y yo dimos la orden a los hombres de armas para traernos al Barón encadenado, el sujeto lucía muy diferente a su obeso familiar; tenía una complexión atlética, musculosa y el porte de un guerrero. Sin embargo, la expresión en su mirada indicaba furia ciega hacia la corona.

Sus cabellos castaños imitaban el corte militar de mi mundo, además, su piel blanca se tornó ligeramente café por culpa del sol y la tierra producida en mis mazmorras. Si habló o no con el antiguo tesorero no me iba ni me venía. Pues no tenía ninguna intención de soltarlos, corruptos como ellos eran los que jodían mi país y a la sociedad entera.

—Barón Gutiérrez, se le acusa de asociación delictiva con un remanente del Puño Gris. Has violado la ley impuesta por este sagrado consejo, ¿qué tienes que decir en tu defensa? —Mamá elevó el tono de su voz y miró al noble por encima del hombro, pude sentir el desprecio de mi progenitora hacia Gutiérrez era tan fuerte como el mío.

—No tengo porque responderle a usted, ramera miserable. La ley es muy estúpida, ¿en qué demonios pensaba ese mocoso? —Gutiérrez mostró una actitud aún más desafiante que la de Girasol, no obstante, continuó su discurso —. Desde que mataron a los líderes del Puño Gris, las pequeñas cedulas enloquecieron y ahora se están matando entre ellos por la supremacía. Se han vuelto más violentos y la verdad, es un dolor de cabeza tener que controlarlos en mi ciudad. Por eso decidí dejarlos en paz dentro de mi baronía, así me ahorro problemas y de paso, consigo dinero para mis vacías arcas.

Mamá me volteó a ver para esperar mis palabras.

Sabía que tarde o temprano algo como esto pasaría.

— ¿Estás diciendo que dejar a tu pueblo desprotegido es más fácil? —Mi pregunta pareció haberlo ofendido; yo quería hacerlo sentir culpable por su acto de cobardía, pero en su lugar solo incrementó su furia.

— ¿Perdón?, ¿es en serio, niñato?, hablas como si supieras del mundo exterior, pero vives aquí, encerrado en estas murallas llenas de soldados. No me hables a mí de decisiones difíciles.

—Oh, no me subestimes por mi edad. —Le regalé una de mis típicas miradas implacables, aquellas que realmente hacían cuestionar a las demás personas acerca de mi edad real —. Comprendo lo que hiciste, un acto cobarde y corrupto.

—No, tú no entiendes. ¿Sabes lo que hizo el Puño Gris antes de hacer un pacto con ellos?

—Me doy una idea.

—No, no te la das. Mis hombres amanecían muertos por el Puño Gris, ellos intentaron intimidarme para que los dejara actuar y yo respondí con fuerza. Maté a muchos matones yo mismo, pero también perdí a hombres valientes en escaramuzas sin sentido. Tu estúpida ley los hizo volverse más violentos, por eso pacté con ellos para dejarlos actuar en mi territorio y así dejar a mis hombres libres de esa carga.

—Muy bonito el cuento —susurré, mientras me reía en voz baja —. Dejar a la población civil desprotegida, menudo barón estás hecho.

— ¿Por qué debería preferir a un montón de desconocidos por encima de mis propios subordinados?, los campesinos pueden irse al demonio, yo hice lo mejor para la seguridad de mi familia y la gente que trabaja conmigo. Nadie en su sano juicio pondría el bienestar de la plebe por encima de la misma sangre. —Esa mentalidad agachona y jodida era lo que más odiaba en este mundo.

«*Maldito cobarde, miedoso de mierda.*»

—Pesada es la cabeza que lleva la corona, si no eres capaz de cumplir tus responsabilidades como noble, quizá tu familia no sea digna de ostentar dicho título. Nosotros tenemos una responsabilidad con el pueblo de Etrica y fallarles a ellos, es también fallarme a mí.
—Hice una pequeña pausa para tomar aire y luego

proseguí —. Por lo tanto, te condeno a perder el dedo índice de tu mano dominante y también nombraré a la familia Gutiérrez como: "Arrodillados del Puño"

Hubo un momento de silencio.

Mi sentencia era definitiva o al menos, eso esperaba.

—No —respondió Gutiérrez —. No mancharás mi honor ni el de mi familia con tus estúpidas palabras. ¡Exijo un juicio por combate!

Si antes se quedaron callados por mi veredicto, ahora parecían estatuas.

Gonzalo me enseñó todo lo necesario para responderle.

En primer lugar, los juicios por combate eran rituales de gran importancia social. Esto iba más allá que un simple enfrentamiento; pues el honor de ambas familias se ponía en juego.

A diferencia de los duelos, cuyos términos y condiciones eran acordados por ambos participantes, un juicio por combate se luchaba a muerte y sin la oportunidad de rendición.

Solamente nobleza superior (de señores en adelante) podían sugerir este tipo de rituales, los caballeros, en cambio, debían conformarse con duelos comunes.

El solicitante no podía usar a un campeón, esta regla se impuso desde la era mítica, pues anteriormente un montón de viejos pusilánimes se deshacían de sus enemigos políticos utilizando campeones fuertes para ganar poder. Debido a ello, todos los solicitantes, sin excepción, debían luchar por sí mismos en el juicio.

Por otro lado, la persona desafiada sí podía contar con los servicios de un campeón, sobre todo si no se encontraba en condiciones para luchar. Como lo era en mi caso debido a la edad, o el de mamá y su nulo entrenamiento de batalla.

—Solo por protocolo te lo volveré a preguntar, ¿realmente quieres un juicio por combate?

—Sí.

—Bien, será mañana a dos horas del atardecer (5:00 PM). Mi campeón será Sir Marte Hogan, líder de la Guardia Real y mi caballero más poderoso.

—Como quieras, mataré a tu campeón y luego podré irme a casa sin ningún cargo.

—Eso lo veremos. —Di una señal a los guardias para que se lo llevaran de regreso a su habitación, posteriormente volteé a ver a Sir Marte con una expresión solemne—. Cuento contigo, mentor.

—No se arrepentirá.

Los niños dejaron la sala de reuniones sin decir nada más, todo esto fue muy repentino para ellos, ni siquiera Yuka, con su fino ingenio y boca sagaz fue capaz de comentar algo al respecto.

—E-Esto fue inesperado —admití, para este momento solo se quedaron Sir Marte y mamá conmigo —. ¿Por qué no aceptó su castigo?, mejor perder un dedo a perder la vida.

—Hay dos motivos, alteza. —Sir Marte suspiró en voz alta para dejar salir la tensión, incluso un veterano como él podía sentirse presionado ante semejante desafío —. El primero, es porque Gutiérrez es un guerrero, tiene formación marcial y por encima de todo, es un caballero ungido.

—Y lo segundo —agregó mamá —. Es por su honor...

— ¿Honor?

—Sí, hijo mío, el honor es quizá más importante que cualquier moneda. Define percepciones, tratos y reputación. Nuestra familia no ha podido deshacer la mancha de los reyes anteriores a tu padre y aún luchamos para quitarnos el estigma de monarcas incompetentes o cobardes. Tu padre dio su vida para defender su honor y así evitar que cayéramos más bajo y estoy segura de que el Barón Gutiérrez es consciente de sus acciones. Prefiere limpiar su nombre ahora, que dejar esa pesada carga a sus descendientes. —Girasol también suspiró, luego me dio unas palmaditas en la cabeza y después se dio la vuelta.

—Entonces el honor es muy importante para la nobleza de Etrica, ¿cierto?

—El honor es lo más importante —concluyó mamá.

—Ya veo, ¿Alda y los demás tendrán que asistir al juicio por combate?, no quisiera que ellos vean un evento tan atroz...

—Temo que sí, Ulric. —Mamá tampoco sonaba muy contenta con esa idea —. Debemos enseñarles a los niños lo importante del honor y este juicio será una memoria que no olvidarán jamás.

—U-Una última cosa —susurré—. S-Sir Marte, ¿puedes ganarle fácilmente, verdad?

—No puedo ganar tan fácil, pero me aseguraré de matarlo en tu nombre. Ser el campeón de un rey es un gran honor, alteza, si lo hago bien mis hijos tendrán mayores facilidades en el futuro.

—Comprendo, incluso tú estás atado al código de honor, ¿cierto?

—Todos lo estamos. Ahora si me disculpas, tengo que retirarme a la armería.

—Claro, te veré mañana.

Sir Marte Hogan dejó la sala del trono sin decir ninguna palabra más.

Quería preguntarle a mamá acerca de Ronaldo y mi problema con su actitud, pero en este momento solo podía pensar en el dichoso juicio por combate. Nunca imaginé vivir uno en persona, pues Gonzalo decía que estos sucesos rara vez se daban debido al temor de morir.

Claro, en las historias y canciones antiguas eran sumamente populares.

¿Cuántos héroes legendarios no inmortalizaron sus leyendas ganando un juicio así?

«Pero del dicho al hecho, hay todo un trecho»

Cualquiera podía hablar de honor, juramentos y valor, pero al momento de la verdad muy pocos tenían los huevos para jugarse la vida en un duelo singular. En cierto modo, no podía evitar sentir respeto hacia el Barón Gutiérrez.

Estos comportamientos ya no me parecían absurdos en lo absoluto.

Capítulo 7: Juicio por combate

El combate se llevaría a cabo en el patio de armas, durante la mañana, los intendentes arreglaron el sitio para no dejar ningún obstáculo ni obstrucción a los futuros peleadores.

Mandé a colocar una tarima superior y una barda de protección para los espectadores. Gracias a mi habilidad logística de eventos (benditos sean, mítines políticos) pude acomodar a los presentes lejos de las hostilidades.

Durante el desayuno nadie dijo una palabra.

Ingrid, Alda, Ronaldo y Yuka mantuvieron hermetismo total frente a esta situación, la tensión del aire apenas era resistible para nosotros. No quería ni imaginarme a la esposa de Sir Marte o a sus hijos.

¿Cómo estarían sintiéndose ahora?

—Es hora, vengan conmigo. —Justo cuando acabamos el desayuno, Girasol entró al comedor ya arreglada para el evento. Portaba un hermoso vestido negro con incrustaciones de diamantes en el encaje y también usaba una corona de plata, en su mano diestra cargaba un cetro dorado que servía como reconocimiento a su rango de regente.

—Vamos para allá.

Caminamos en fila india con mamá hacia el frente, mientras el resto de los sirvientes nos volteaban a ver con muchísimo nerviosismo en sus semblantes. La noticia del juicio se esparció más rápido que un incendio forestal y, por lo tanto, todos deseaban conocer el resultado cuanto antes.

—Por aquí.

Un miembro de la Guardia Real nos recibió en la entrada del patio; por razones obvias el entrenamiento se canceló y para nuestra sorpresa, ya había algunas personas sentadas en las gradas de madera.

Una mujer de cabellos oscuros llamó mi atención, tenía la piel clara y los ojos verdes. Usaba un vestido azul sencillo, sin mayores decoraciones. La vimos sentada hasta el fondo del lugar, estaba sola y no buscaba la compañía de nadie.

—Es la esposa de Sir Marte —comentó mamá—. Imagino se está muriendo de nervios.

—Por suerte no trajo a sus hijos —agregó Alda, cuyas manitas sudaban en exceso debido al nerviosismo.

—Pase lo que pase, no cierren los ojos. Esta es una lección dura, pero necesaria. —Girasol agarró la manita de mi hermana y luego sonrió—. Si quieres ser Maestra de Guerra, entonces deberás acostumbrarte a estas situaciones.

—S-Sí —murmuró Alda.

—Y-Yo también estoy asustada. —Ingrid inclinó su expresión con temor, de inmediato, mamá le regaló también unas caricias en la cabeza para hacerla sentir segura.

—Como futura reina es tu deber mantenerte estoica, Ingrid, resiste todo lo que puedas este juicio, porque me temo que no será el último que verás.

—S-Sí, señora Girasol, m-me esforzaré —susurró mi amiga.

—Como sea, tomemos nuestros lugares. —Yuka y Ronaldo pasaron de largo, ellos también lucían aterrados por el ritual, pero lo ocultaron detrás de su desdén tradicional para no verse débiles ante nosotros.

Quizá con Alda e Ingrid esa fachada podría haber funcionado, pero no conmigo.

—Ya casi es hora…

En total llegaron cerca de 40 asistentes, entre cortesanos, nobles y testigos, llenamos por completo las tarimas.

Mamá y yo ocupamos el sitio de honor más alto y con mejor vista, los niños se acomodaron en la parte de abajo. Segundos después, el silencio invadió al lugar…

Ambos contendientes hicieron acto de presencia.

Sir Marte Hogan llegó acorazado hasta los dientes, portaba una imponente armadura de placas completa que protegía cada centímetro de su humanidad. El color plateado del acero le daba una visión inmaculada y casi sagrada, sin heráldicas a la vista ni decoraciones ostentosas. Portaba un mandoble envainado sobre su cinturón de cuero y en la mano derecha cargaba un almete cerrado para proteger su cráneo.

El Barón Gutiérrez no se quedó atrás, también vino con una armadura de placas completa en color rojo carmesí. A diferencia del Guardia Real, Gutiérrez vino ya con el yelmo cerrado protegiendo su rostro, quizá como una estrategia de intimidación o para no mostrar su semblante aterrorizado.

Decidió venir al combate con un escudo de lágrima compuesto de roble y hierro endurecido. Como arma ofensiva, optó por traer consigo una maza metálica ideal para luchar contra oponentes acorazados.

Y naturalmente, ambos rivales tenían oculta una daga de la misericordia para rematar a su enemigo en caso de ser necesario.

«Que extraño, ¿por qué Gutiérrez trajo consigo un escudo?, se supone que la armadura de placas te ahorra ese gasto defensivo.»

—Silencio, por favor. —Mamá se puso de pie y llamó la atención en aquel estadio taciturno, donde los susurros fueron asesinados y el lamentable suceso estaba a punto de acontecer —. Como Reina Regente, doy mi autorización formal para iniciar este juicio por combate, si alguno de los contendientes tiene unas palabras finales antes de comenzar, es el momento.

—Yo la tengo —murmuró Sir Marte —. Peleo en nombre del Rey Ulric León, mi espada es solo suya y como su campeón llevo el peso del reino sobre mi espalda. No temo a la responsabilidad, ¡viva el rey!

Tras acabar el discurso, Sir Marte se colocó el casco y tomó su lugar en la esquina izquierda.

—La familia Gutiérrez no cederá, esta tiranía del Rey Ulric terminará hoy. El honor de mi casa permanecerá intacto sin importar el resultado.

El barón caminó a la esquina derecha y de este modo, las preparaciones terminaron.

Las palabras ya habían sido dichas.

Solo quedaba la violencia.

—Sir Marte Hogan y Barón Jaime Gutiérrez... Que nuestro Dios de la Tierra esté siempre con ustedes. ¡Comiencen!

Pese a dar el banderazo de salida, ningún contendiente movió un músculo para atacar.

Se miraron el uno al otro, mientras el resto de los espectadores guardaban silencio en respeto al honorable juicio.

Sir Marte Hogan desenvainó el mandoble y decidió emplear la guardia frontal; manos en el mango del arma, pierna izquierda al frente y la derecha detrás, mientras la flexionaba unos centímetros. Él siempre nos decía que tuviésemos una base firme y debido a ello, nos hacía quedarnos en esa postura durante varios minutos.

El Barón Gutiérrez, por otro lado, colocó el escudo delante de él y también avanzó para comerse la distancia que los separaba. En cuestión de estatura y alcance, Sir Marte llevaba las de ganar, pues contaba con casi 20 centímetros de diferencia.

Mamá tragó saliva llamativamente, la tensión del duelo se volvía cada vez más intensa. Desde aquí no podía observar a la esposa de mi mentor, pero no quería ni imaginarme el terror que sentía en este momento.

—Q-Que intenso...

Ninguno había lanzado un ataque, ambas guardias realmente no daban el espacio para comenzar las hostilidades. Mi experiencia como duelista era muy poquita, pero incluso un novato como yo podía estar segurísimo de mi afirmación.

Gutiérrez dio un paso más, aún continuaba fuera de alcance, pero la distancia era asesinada conforme pasaban los segundos.

Fue Sir Marte Hogan el que atacó primero.

Se desplazó rápidamente hacia el frente, hasta quedar a una distancia de acción efectiva. Movió el mandoble desde arriba y sin piedad lanzó un tajo descendente contra la cabeza de su adversario.

El barón retrocedió de inmediato, evadiendo así el primer intento de mi campeón. No contraatacó ni trató de hacer una segunda jugada, simplemente levantó su escudo de nuevo y continuó caminando en dirección a la derecha, mientras la maza seguía sin probar acción.

«*E-Es fuerte, Sir Marte Hogan mató a mis secuestradores muy rápido y de un solo ataque.*

También acabó con los líderes del Puño Gris sin recibir daño. Este sujeto sabe pelear bien.»

Los espectadores yacían a la expectativa, en un combate a muerte cada movimiento era vital; no había tiempo para florituras o elegancia.

Sir Marte retomó la guardia inicial y siguió al barón para no darle mucho espacio.

— ¡AHHH! —El caballero gigante volvió a la carga con un espadazo directo al pecho, giró su cadera por completo para ganar mayor impulso y así causar el mayor daño posible a la coraza contraria.

Por desgracia, Gutiérrez detuvo la embestida con su escudo.

La hoja de acero quedó clavada en la madera por al menos 2 centímetros. Y de inmediato, Gutiérrez aprovechó ese lapso de tiempo para atacar a Sir Marte con un mazazo directo al hombro izquierdo.

Mi mentor retiró su hoja de un jalón y logró desplazarse justo a tiempo. Ya enfrascados a corta distancia, Sir Marte atacó al barón con un tajo lateral que golpeó la hombrera izquierda del caballero contrario.

Sin embargo, la brillante armadura roja absorbió el impacto y la herida no pasó de ser un hematoma de nivel medio.

Las espadas no estaban hechas para penetrar armaduras, mucho menos a tan corta distancia y sin la oportunidad de ganar impulso para tratar de romper los huesos con daño contundente.

Aun así, el impacto menor de Sir Marte le permitió ganar unos centímetros de distancia.

El caballero titánico cambió su guardia de combate, sujetó la hoja con sus guanteletes plateados y en lugar de pegar empleando el filo, decidió usar la guarda y el pomo como una maza improvisada. Había visto esta estrategia en documentales históricos en mi vida pasada, pero jamás pensé apreciar el "*golpe asesino*" o *mordhau* en alemán.

Llamado así por lanzar golpes contundentes a la cabeza, con toda la intención de asesinar al oponente.

Gutiérrez retrocedió dos pasos para reacomodar su postura.

«*Ya veo, parece ser que mi maestro se dio cuenta del plan hostil. El barón seguro pensaba atrapar la espada dentro del escudo y así atacar a Sir Marte una vez desprotegido. No aprovechó su oportunidad y ahora pagará las consecuencias.*»

Sin embargo, el golpe asesino tenía una desventaja fundamental; si no apuntaba a la cabeza entonces su efectividad se vería reducida y con el enemigo usando un escudo para protegerse, Sir Marte necesitaba ser muy preciso.

El pomo golpeó el escudo con un martillazo improvisado y Gutiérrez rápidamente retrocedió para no quedar a su alcance. Sir Marte ya no quería dejarlo escapar, avanzó de nuevo con la guarda lista para golpear el bacinete del contrario.

CLANK.

Sin embargo, el escudo volvió a interponerse en su camino.

Decenas de astillas salieron volando alrededor del suelo y Gutiérrez finalmente sonrió debajo del yelmo que lo protegía. Sir Marte alistó su cuerpo para una evasión en reversa, pero no recibió el mazazo que tanto esperaba...

En su lugar, el Barón Gutiérrez empujó al caballero con el escudo y le hizo perder el equilibrio.

«*No puede ser...*»

"*Barrido del escudo*"

Una técnica complicada que consistía en embestir al contrario con el peso del escudo. Muy diferente al muro defensivo que realizaba la infantería miliciana y los hombres de armas, pues aquel era un movimiento de tintes ofensivos.

Sir Marte nos la enseñó a medias.

Alda igual abrió los ojos en par y casi soltó un grito, pero mantuvo la calma y continuó mirando el combate.

Nuestro mentor cayó sentado al piso y rápidamente se recostó para evadir el golpe contundente que amenazó con noquearlo. El acero de la maza pasó de largo y como respuesta, Sir Marte lanzó un corte diagonal directo a los tobillos acorazados del barón.

Aquel debió ser el final de la pelea.

Un espadazo a tan corta distancia podría romper el hueso por completo, tal vez no sea capaz de cercenar la extremidad, pero sí causar daño irreversible al enemigo. Por esa misma razón, el salto del barón fue increíble, a pesar de ser nuestro enemigo no pude evitar sentir admiración por él.

Logró moverse rápido.

Sin importar los kilos de acero que cargaba consigo y el cansancio del enfrentamiento, Gutiérrez realizó una maniobra digna de elogiar. Estuve a nada de ponerme de pie y aplaudir su evasión, pero tuve que mantenerme neutral.

—E-Eres muy bueno —reconoció Sir Marte, mi mentor se reincorporó y volvió a retomar la postura del golpe asesino.

—Lo mismo digo, es una pena que debas morir hoy, el Reino de Etrica llorará la muerte de un buen caballero. —El Barón Gutiérrez sujetó su ya mermado escudo con firmeza, luchar contra Sir Marte en combate de piso era un suicidio; entonces…

La pelea debía terminar sí o sí con su maza de guerra.

Los espectadores nos mantuvimos calladitos.

¿Cómo podíamos hablar ante semejante situación?

Quise decir algunas palabras o mover mi cuello hacia las gradas, pero no pude, fue imposible, si despegaba el ojo de este duelo podría perderme un movimiento decisivo.

Sir Marte centró la mirada en el escudo del rival, pese a estar maltratado y a punto de romperse, todavía podía realizar una embestida más antes de fallar. Como herramienta defensiva, sin embargo, aún le quedaban de 3 a 4 impactos, una cifra relativamente buena dadas las circunstancias del enfrentamiento.

Si yo fuese el Barón Gutiérrez me la jugaría con un contraataque, después de todo, duelistas como Sir Marte Hogan no caían en el mismo truco dos veces.

— ¿Qué esperas?, ¡pelea! —provocó el Barón, pero mi campeón simplemente lo ignoró.

Solo un novato caía en provocaciones baratas.

Oh…

«*Ya veo, ese es su plan…*»

Mientras le hablaba, Gutiérrez daba pequeños pasitos hacia el frente, con la intención de recortar la distancia que los separaba. Sir Marte no retrocedió ni realizó movimientos defensivos. Mantuvo la guardia del golpe asesino hacia el frente.

¿Acaso no lo había visto?

¿No notó que la distancia disminuyó?

Imposible.

Alguien como Sir Marte Hogan jamás cometería un error así.

Me odié a mí mismo por no ser capaz de entender sus pensamientos, mis habilidades como luchador aún no estaban cien por ciento pulidas y debido a eso, me resultaba imposible calcular un ganador.

Suspiré en voz alta mis frustraciones, pero nadie me hizo caso (naturalmente).

— ¡AHHHHHH!

Sir Marte cargó al ataque con un golpe lateral rumbo al yelmo cerrado del contrario. El pomo dibujó un hermoso arco que se vio interrumpido por el escudo de madera y al mismo tiempo, las astillas volaron alrededor como pequeñas gotas de agua.

El Barón Gutiérrez aprovechó su oportunidad, pues no tendría otra más.

Movió la maza hacia el cráneo rival, apostó su vida en un contraataque brutal que buscaba liquidar al campeón gigante de una buena vez. Sin embargo...

Falló.

Mi entrenador hizo gala de una habilidad impecable.

Cuando el mandoble chocó directo con el escudo, no permitió que la fuerza de rebote desviara su hoja hacia otro lado. En su lugar, apretó fuertemente la espada y la movió justo al frente suyo.

CLANK.

Maza y mandoble chocaron entre sí, provocando un pequeño chillido metálico que todos los presentes escucharon. Fue cuestión de un parpadeo, el Barón Gutiérrez no esperó semejante reacción y por lo consecuente, fue incapaz de evadir el puñetazo del campeón.

— ¡AGH! —gritó adolorido.

La fuerza del impacto le hizo caer al suelo y soltar tanto la maza, como el escudo. Gutiérrez trató de retroceder con la "salida de camarón", una técnica de jiujitsu que consistía en desplazarse en reversa, imitando las contracciones de este peculiar marisco.

Para su mala fortuna, Sir Marte lo persiguió y rápidamente se colocó encima de él. Colocó ambas piernas sobre los costados del torso acorazado en una típica postura de sumisión que vi muchas veces en los juegos olímpicos.

—Se acabó —murmuré.

Sir Marte golpeó en el cráneo a su rival con sus poderosos nudillos acorazados, una y otra vez, el Barón Gutiérrez trataba de cubrirse con sus antebrazos para reducir el daño, pero fue inútil. Ni siquiera el yelmo cerrado le salvaría de semejante paliza.

5 golpes.

6 golpes.

10 golpes…

La arremetida del campeón parecía no tener final.

En un intento desesperado por seguir viviendo, Gutiérrez desenvainó su puñal de la misericordia e inútilmente clavó el arma dentro del peto contrario.

La hoja no pasó de la cota de malla que portaba internamente mi entrenador; fueron tantos golpes a la cara que su fuerza se vio disminuida y sin ningún argumento.

El caballero se puso de pie, segundos después tomó al debilitado barón del cuello y lo levantó varios centímetros en el aire. Solo para dejarlo caer de cara con todo el peso de la armadura y el suyo propio.

— ¡AHH! —El gemido de dolor no se hizo esperar, Gutiérrez intentó arrastrarse para ganar distancia; tristemente solo recibió una patada en las costillas que le hizo retorcerse por el dolor.

Sir Marte Hogan desenvainó su puñal también, pero él sí se dio la tarea de voltear al rival con otra patada y dejar al descubierto una abertura en su gorjal.

—Muere.

Mi campeón clavó su daga en el cuello del barón, finalizando así el juicio por combate y limpiando el honor de la familia Gutiérrez en el proceso.

De inmediato, un chorro de sangre muy discreto comenzó a escurrir por debajo de la armadura carmesí; segundos después la mancha se hizo visible hasta mancillar los guanteletes plateados de Sir Marte.

Ingrid vomitó.

La pobre niña se arrodilló y expulsó el contenido de su estómago por la repulsión del momento. Alda, por otro lado, estuvo a punto de hacerlo también, pero se tragó el vómito y luego respiró profundamente para resistir la brutal escena que acabamos de presenciar.

Yuka se mantuvo elegante a la vista de todos, pero yo pude apreciar a la perfección como sus manitas temblaban del susto. Por más indiferente que tratase de parecer, en el fondo, seguía siendo una niña impresionable como todos los demás.

En cuanto a Ronaldo, el pequeño ni siquiera miró, se tapó los ojos y desvió su expresión hacia otro lado para no tener que lidiar con semejante violencia.

—El juicio ha terminado, Sir Marte Hogan es el ganador. —Si Girasol tenía desagrado por la sangre, no lo demostró. Mantuvo su semblante de acero mientras daba el anuncio final y de ese modo, los presentes se retiraron de la tribuna.

La esposa de Sir Marte hizo lo mismo, seguramente quería estar con su esposo en privado y no armar un escándalo frente al cadáver del barón.

—No llegó ningún familiar suyo —susurré, mamá me acarició la cabeza y luego suspiró.

—Ellos no querían involucrarse con Gutiérrez, para una familia noble la vergüenza es un veneno que tarda generaciones en desaparecer.

—Ya veo…

Mi mentor guardó su mandoble en la vaina de cuero, de inmediato se posó frente a nosotros y como marcaba el protocolo, inclinó su rodilla izquierda al frente, en señal de sumisión hacia la reina regente.

—He asesinado al traidor, ¡larga vida al Rey Ulric!, ¡larga vida a la regente!

Capítulo 8: Implacable

El juicio por combate me hizo entender muchas cosas de la sociedad; en primer lugar, el honor era sumamente importante para las siguientes generaciones y una mancha en él podía tener consecuencias desastrosas. El Barón Gutiérrez prefirió morir con espada en mano que vivir sin uno de sus dedos y con el estigma de corrupto sobre su espalda.

De igual modo, comprendí que los problemas del Puño Gris no estaban ni de cerca terminados. Un enemigo dividido y nada centralizado era más difícil de matar.

—Mamá —susurré, mientras Girasol y yo veíamos como el personal de limpieza se llevaba el cuerpo de Gutiérrez para ser enterrado en su tierra natal.

— ¿Qué pasa?

—Tenemos que lidiar con el Puño Gris, creí que destruir su base los haría caer, pero no. Ahora hay cientos de malandros que usan su nombre para intimidar a las personas. ¿El reino cuenta con una policía secreta?, tú sabes, agentes, espías y ese tipo de personas.

—Yo no diría espías, hijo, solo informantes. Nunca hemos sido buenos para las intrigas, ¿quieres fundar un nuevo grupo? —Ella no me dijo toda la verdad, de eso estaba seguro, a juzgar por su expresión dubitativa, algo se ocultaba entre las sombras.

—Así es —respondí —. Necesito buscar profesionales en información, espionaje, infiltración y asesinato. —Esa última palabra la dije con cierto rencor sobre mi voz, odiaba la idea de usar métodos sucios para lograr mis metas; pero nunca estaba de más tener las armas para una hipotética contienda política.

—Ya comienzas a entender —susurró mamá—. Veré que puedo hacer, dame tiempo, esas personas no se contactan con facilidad.

—En lo que respecta a Ronaldo, sigo sin encontrar una manera para hacerlo más valiente, no está en su naturaleza y tampoco le apasionan las peleas. Sin esos requisitos, él nunca se convertirá en un luchador decente.

Mamá guardó silencio durante unos segundos.

Inclinó su semblante con naturalidad, propia de una dama entrenada en el arte de la elegancia.

—Creo que ya sabes la respuesta. Siempre la has conocido, Ulric.

— ¿Perdón?

—Lo acabas de ver tú mismo; un hombre orgulloso con un linaje antiguo se jugó la vida en un juicio y perdió. Ronaldo podrá ser un cobarde, como tú dices, pero sigue siendo un noble de Etrica y su honor no puede mancharse. Estoy segura de que entiendes lo que quiero decir, ¿cierto?

—Sí...

Me quedé sin palabras.

¿Cómo podía mamá sugerirme algo así?

Esto iba en contra de mis principios e ideales, no podía forzar a alguien de este modo. Mucho menos a un niño frágil como Ronaldo.

—Esta es otra lección que tienes que aprender, Ulric; eres una buena persona, hijo, un ser de luz muy amable. Tu corazón es puro, pese a la extraña madurez que demuestras, tus acciones siempre emiten una calidez bondadosa que a mí como madre me encanta. Pero como reina regente, lamento decirte estas palabras... —Girasol me tomó entre sus brazos y acercó mi rostro a su pecho, pude escuchar los latidos acelerados de su corazón, producto del nerviosismo y la tristeza —. Un rey no puede ser siempre una buena persona, a veces tendrás que tomar decisiones duras que atenten contra tu moral personal o los intereses de tus seres amados.

—E-Eh... Pero mamá, yo no quiero ser deshonorable, ¿por qué me estás diciendo esto?

—Porque te amo, Ulric y tarde o temprano alguien te lo tenía que decir. Tienes la madurez suficiente para entender lo que te estoy diciendo; los reyes no pueden ser buenas personas del todo, siempre debe haber un poco de oscuridad en tu corazón para que puedas proteger al pueblo. Claro, no te pido que te conviertas en un monstruo; los tiranos tampoco son apreciados por la historia y la gran mayoría tuvo finales violentos.

—Y-Yo... —Lo sabía, sabía perfectamente lo que mamá quería decirme.

Y en cierto modo, siempre lo supe.

Pero lo negué para no ver manchados mis ideales de honor, justicia y generosidad.

Odiaba hacer daño a la gente, sobre todo a los inocentes que nada debían ni temían.

—Lo sé, lo sé, hijito, pedirte esto a tu edad es una locura... Pero pronto estaremos en guerra y es allí donde las decisiones difíciles no se harán esperar, tendrás que pensar rápido y dirigir a esta nación lo mejor que se pueda.

—Comprendo, entonces debo ser implacable para lograr mis metas sin caer en la tiranía. Y-Yo quería ser un rey heroico, alguien capaz de mantener su honestidad y bondad frente a la adversidad, pero veo que no será posible, ¿cierto?

—Lamentablemente, hijo mío, el mundo real no es un lugar donde los idealistas triunfen, sobre todo cuando se trata de política.

Me mantuve callado durante algunos segundos.

Ya lo suponía desde un inicio...

Pensé que en este mundo diferente podría lograr mis metas soñadas: convertirme en un político sincero capaz de velar por el bienestar de las personas sin mancharme las manos. Ansiaba que esto fuese una fantasía sin reglas y con poderes tramposos para destrozar la realidad y sus feas normas.

Lo ansiaba muchísimo.

¿No era ese el encanto de los isekai?

Y, sin embargo, aquí estaba yo...

A punto de convertirme en lo que tanto odiaba.

"Un político más de este triste y cansado mundo"

Ya sea en México o el Reino de Etrica, las cosas no cambiarían tan fácilmente.

—Cierto, ya sé lo que voy a hacer para motivar a Ronaldo. Gracias por decirme la verdad, mamá, necesitaba que alguien me sacara de estas desilusiones infantiles.

—Ulric, no lo olvides, sin importar las elecciones que hagas y el destino que decidas para tu futuro, ten en cuenta que yo siempre te amaré, soy tu madre, después de todo.

—Sí, muchas gracias, mamá.

Abandoné el lugar con la mirada llena de reflexiones acerca de lo sucedido. Sin importar que tan cobarde sea el chico, su honor como un noble seguía siendo tan válido como el del Barón Gutiérrez y, por lo tanto, sería incapaz de realizar acciones que dañasen su honor.

Mientras recorría los pasillos del castillo me topé con Ingrid; mi futura prometida forzada ya lucía mejor luego de haber vomitado por el acto violento que presenció. Una niña inocente como ella jamás debería de haber visto aquella demostración de salvajismo y horror, pero así era la sociedad donde vivíamos y nada podía hacer para cambiarla, de momento.

—Hey, Ingrid, ¿te sientes mejor? —susurré.

—Sí, me impresionó demasiado ver un asesinato en vivo, y-ya me repondré cuanto antes, no te preocupes. —Sin embargo, en verdad lucía perturbada por lo sucedido. Una reacción más que natural para una niña de su edad.

—Fue una tragedia —argumenté, con cierta melancolía sobre mi tono de voz —. El honor es un asunto serio…

No dijimos nada más, los dos caminamos juntos rumbo a su habitación, ella quería cambiarse de ropa y darse un buen baño. En mi caso, simplemente deseaba leer un rato para quitarme las imágenes violentas de la cabeza. Quise darle tiempo a Sir Marte para que estuviese con su familia, ya repondré las formalidades más tarde.

De repente, un pensamiento unilateral llegó a mi cabeza… Y sin pensarlo dos veces, decidí soltarlo.

—Ingrid, ¿qué pensarías de mí si hago cosas malas para hacer el bien? —No supe el motivo de mi pregunta, quizá deseaba tener una aprobación más inocente que la dura realidad que mamá me mostró.

No obstante, cometí un error.

Ingrid no era la persona indicada para aconsejarme, si Sora estuviese con vida, tal vez me daría las palabras que tanto buscaba en este momento.

— ¿Cosas malas?

—Olvídalo, no es nada. Aún sigo perturbado por la batalla, eso es todo. —Quise dejar el tema para no seguir incomodándola, no obstante, grande fue mi sorpresa cuando la niña de cabellos blancos me sujetó de la manga izquierda. Su rostro expresaba diferentes emociones difíciles de explicar: miedo, inseguridad, confianza, etc. Todo un popurrí de sentimientos que parecía no llevar a ningún lugar.

— ¿Qué cosas malas? —volvió a preguntar.

—Cosas duras, feas y desagradables. ¿Pensarías mal de mí?, ¿me odiarías?

— ¡Claro que no! —exclamó Ingrid, casi llorando —. Me has salvado de mi familia y siempre me cuidas, Alda te quiere muchísimo y tu mamá también, si haces cosas malas entonces te regañaremos entre todas. Y si es algo muy necesario… —La pequeña tragó sus mocos para continuar hablando, al final del día no pudo evitar llorar —. L-Lo entenderemos, sé que tus intenciones jamás serán malas.

En su inocencia infantil o ingenuidad, Ingrid me dio la respuesta que tanto necesitaba.

Podría sonar auto convincente y hasta absurdo, pero en verdad quería seguir siendo amado pese a las decisiones difíciles que estaba por realizar.

—Comprendo, ¿en serio tú, Alda y mamá me seguirán amando pese a lo que cometa?

—Claro que sí, ¡el cariño no desaparece tan fácilmente!

—Ya veo, es un alivio. —No volví a decir nada más, dejé a la niña en su habitación y luego me fui a la mía para descansar luego de una tarde ajetreada.

«Aún si cometo actos cuestionables, mamá y los demás no me dejarán de querer. Odio reconocerlo, pero en verdad temía lo que pudiese pasar si ellos ven un lado mío que deseaba mantener oculto en lo más profundo de mi memoria pasada.»

Con más lecciones dolorosas en mi andar, mi camino como rey en entrenamiento continuó su marcha.

Capítulo 9: Un paso a la vez.

No toqué la puerta ni pedí permiso para entrar al taller donde Ronaldo pintaba y Yuka costuraba sus vestidos personales. Como toda noble imperial, la niña realizaba actividades artísticas propias de una futura cortesana y Ronaldo, por otro lado, escapaba de sus deberes refugiándose en el arte.

—Hey, buenas tardes. —Mi llegada hizo que los hermanos Vaso Negro detuvieran sus diligencias para devolverme el saludo con la mirada. Había llamado su atención y el hecho de entrar sin tocar representaba una muestra de autoridad.

Detestaba comportarme como un imbécil, pero si no actuaban por las buenas, tendría que ser por las malas.

— ¿Se le ofrece algo, alteza?

—Sí, Ronaldo, he notado tu talento como artista, pero tu falta de interés en otras cuestiones me parece de muy mal gusto. ¿No estás interesado en tener a un maestro de arte realmente bueno?, porque con tu nivel actual, solo serás un artista aficionado, nunca darás el primer paso hacia la fama.

Mi comentario tenía toda la intención de ofender, crucé mis brazos y sonreí con arrogancia. Yuka no dijo nada, solo me devolvió una sonrisa aprobatoria; seguramente comprendió lo que deseaba hacer.

—Claro que quiero mejorar, alteza, pero en mi familia no está permitido volverse artista.

—Yo puedo cambiarlo, soy el rey, mi palabra no puede ser negada. Si es tu deseo mejorar y llevar tu arte a un nuevo nivel, entonces deberás estar decidido a esforzarte con la tarea que tengo para ti.

— ¿Cuál tarea? —cuestionó el niño regordete.

—Vuélvete un maestro con las armas.

Si había una pizca de interés e ilusión en su rostro, entonces desapareció cuando escuchó lo que tanto le comentaron en su hogar.

— ¿Mi padre te ha escrito una carta?, ya sabes muy bien que no quiero volverme un asesino barato. Soy demasiado listo para rebajarme a esas cosas tan desagradables, ¿por qué no lo entiende de una vez, alteza?

— ¿Estás cuestionando mi oferta? —De nuevo, volví a mostrar mi semblante intimidatorio; éste mismo que me hacía ver como un hombre y no un niño de casi 10 años —. Estás hablando con tu rey, niñato insolente.

La expresión de Ronaldo pasó de sorpresa a temor, pues mi rostro tenía toda la intención de hacerlo sentir menos.

—E-Es la verdad —bufó el pequeño.

—Entiendo, supongo que no eres un artista bueno después de todo. Si quieres seguir siendo un amateur fracasado toda tu vida, también lo entiendo, es más, creo que la familia Vaso Negro no tiene talento para el arte, solo son brutos gigantes que mueven hachas y espadas, sin ningún sentido de la belleza. —La expresión del niño pasó de temor a resentimiento, si quedó algo de cobardía en él, no pude verla en lo absoluto.

Yuka también frunció el ceño, por más que odiase a su hermano, en esta ocasión no difamé solo al regordete, también a su clan entero.

—Alteza, le pido que mida sus palabras —contestó Yuka.

— ¿Cómo me pides respeto si tu hermano no tiene respeto por los artistas?, su declaración de mediocridad es un insulto a todos aquellos que dan su vida por el arte, que se comprometen con la causa y arriesgan sus vidas para ser mejores. O acaso Luna, la pintora, ¿dejó de pintar cuando la persiguieron por herejía?, ¡no!, lo de tu hermano es simple auto satisfacción para ocultar la mediocridad de su ser. Y una familia que mantiene a un cobarde en sus filas manchará para siempre la dinastía.

Les di donde más les dolía.

Ronaldo se puso de pie, pero rápidamente volvió a sentarse.

—M-Mi arte no es patético.

—Lo es, mocoso de mierda, no quieres mejorar, te di la oportunidad que nadie más volverá a darte y la rechazaste sin pensarlo dos veces. ¿No quieres convertirte en un guerrero?, ¡y una mierda!, la vida no funciona de la forma que quieras, tienes que hacer sacrificios y uno de ellos es volverte un guerrero, te guste o no. —Me acerqué a él y sin respeto por su miserable existencia, pateé el lienzo que dibujaba —.

Esta pintura no vale nada, se ha quedado encerrada en tu aburrida rutina de constante comodidad. ¡El arte real es el que nace del verdadero sufrimiento!

Ronaldo no dijo nada, miró su pintura derramada y soltó algunas lágrimas de impotencia. Una buena señal fue el intento de puñetazo que trató de darme, pero desgraciadamente para él, en mi vida pasada había entrenado artes marciales mixtas por 20 años sin parar e incluso aquí no he parado mi entrenamiento.

Bloqueé su blando puño con mi antebrazo izquierdo y de inmediato le pegué un codazo en el estómago que le hizo vomitar justo encima de la pintura. Se veía tan miserable y patético que, para ejercer aún más dominio, coloqué la planta de mi pie justo encima suyo.

—Si tus puños no pueden defender tu arte, eres una basura como artista. —Yuka se paró y negó con la cabeza en repetidas ocasiones.

—Alteza, le pido que insulte solo a mi hermano, no al buen nombre de mi familia.

—Las cosas no saldrán como tú quieras, Yuka, te guste o no, Ronaldo es miembro de tu clan. Míralo, todo vomitado encima de sus pinturas, débil ante mi fuerza y, sobre todo, ante su cobardía.

Aumenté más el peso de mi pie para humillarle, Ronaldo no se decidía entre seguir llorando o continuar el vómito por culpa del dolor. Si bien, estaba acostumbrado a recibir palizas, nunca le habían dado un golpe contundente como el mío.

—¿Qué sugiere entonces, alteza?

—Muy simple, niña. —Retiré mi pie luego de unos segundos y retrocedí 4 pasos exactamente —. Ronaldo, te desafío a un duelo para salvar tu honor, si logras derrotarme voy a dejar que tu familia te permita seguir una carrera artística y también te daré tutores de gran renombre. Pero a cambio, tendrás que servir militarmente a mi país como general. Podrás convertirte en dos cosas.

El pequeño se puso de pie y por primera vez vi un atisbo de valor en él.

—Alteza, usted es muy fuerte, mi hermano Ronaldo no tiene ninguna oportunidad.

—Así es —admití, Ronaldo jamás podría derrotarme en un combate justo, pues la diferencia entre habilidad era abismal a corto plazo —. Solo necesitarás darme 5 golpes, lucharemos con armas de entrenamiento. Si logras conectarme 5 impactos, entonces le daré la victoria, pero si te noqueo, quedarás manchado como un perdedor el resto de tu vida, Ronaldo, ¿aceptas mi desafío?

—S-Sí, mi arte no, no, no… ¡No es mediocre!

—Excelente, tienes un año para prepararte con tu actual maestro de armas. —No dije nada más, abandoné la sala con paso firme, mientras Yuka y Ronaldo se quedaban en silencio reflexionando lo sucedido.

Fuera de la habitación pude ver a Ingrid con la mirada baja, la niña asintió junto a mí, no sin antes acercarse tímidamente.

— ¿A esto te referías? —murmuró, muy asustada por mi comportamiento.

—Lo tuve que hacer, vámonos.

—Sí.

Ingrid caminó conmigo unos metros hasta llegar al patio central, lugar donde solíamos pasar el rato junto a mi hermana.

— ¿Y Alda? —pregunté.

—Está repasando sus apuntes, se ha esforzado mucho para intentar alcanzarte en las clases de Sir Einar.

—Admito que son difíciles, hasta para mí. Alda nunca fue buena con las letras.

—Pobrecita —murmuró Ingrid —. Intentaste motivar a Ronaldo, ¿cierto?

—Así es, como él es del tipo de persona que no se mueve a menos que algo le interese, me vi en la penosa necesidad de forzarlo a interesarse.

—De todos modos, ¿no tienes intención de dejarlo ganar, cierto? —Ingrid se estaba volviendo una niña muy perceptiva, quizá por su duro trato en su anterior hogar, la pequeña debió agudizar sus sentidos para sobrevivir en un ambiente hostil.

—No, le daré la paliza de su vida. Una victoria solo se disfruta si se obtiene honestamente, voy a entrenar aún más duro para conseguir mi objetivo. Por otro lado, también haré que Yuka las respete a ti y a mi hermana. Esa niña tiene que aprender a ver el potencial de las personas, no solo por su poder visible y estatus social.

—E-En verdad hablas como un adulto, Ulric, que maduro...

—Soy el rey, después de todo.

—A-Aun así, trata de no sobre exigirte demasiado, por favor.

—Lo tengo en mente, necesito estar siempre al cien y por ello, un buen descanso siempre es necesario. —Hice una señal de victoria con mi mano izquierda, gesto que tranquilizó a Ingrid Wall.

—R-Recuerda, Ulric, si tienes problemas puedes pedirnos ayuda. No tienes por qué lidiar con todos los problemas por ti mismo. —La pequeña de blancos cabellos me sonrió con ternura, pese a su fragilidad emocional, Ingrid nunca dudaba en brindar su apoyo a las personas que más lo necesitaban.

—Siempre las tengo en cuenta, no te preocupes. A ti, a mamá y Alda, son personas importantes para mí.

—G-Gracias...

Ingrid inclinó su semblante, un poco avergonzada por mi declaración; verla tan contenta me hizo sentir más cómodo conmigo mismo y no pude evitar recordar la primera vez que la vi. Estaba siempre asustada y a la defensiva; observarla realizar expresiones normales como cualquier otra niña fue un logro moral que probablemente recordaré el resto de mi vida.

—En todo caso, iré a entrenar con Sir Marte Hogan, hablamos más tarde, Ingrid.

—Claro, ¡mucha suerte!

Me dirigí al campo de entrenamiento para iniciar mi cesión física. El caballero gigante ya se encontraba en el centro del lugar con un rostro formal, como en cualquier otra presentación. Las heridas que sufrió no parecían haberlo debilitado mucho.

—Sir Marte, ya estoy aquí. ¿Alda aún no llega?

—No tardará, está estudiando el aspecto teórico de la guerra. Honestamente, creo que es bueno para ella, Alda ha demostrado actitudes físicas sobresalientes, pero un guerrero también usa la cabeza.

—Comprendo bien, ¿entonces iniciamos nosotros?

—Sí, ¿recuerdas mi combate, cierto? —cuestionó Sir Marte.

—Jamás lo olvidaré, un juicio por combate es una demostración imposible de borrar.

—Excelente, pues hoy te voy a enseñar la técnica que utilicé para vencer al barón: el golpe asesino.

—Lo escucho.

—El golpe asesino es una técnica avanzada muy eficaz contra enemigos acorazados. Como habrás notado en el juicio, un tajo no puede atravesar una armadura de placas completa, se requiere un golpe muy potente o demasiados impactos para llegar a causar daño real. Y es probable que antes se rompa tu hoja, por lo tanto, la intención del golpe asesino es provocar el mayor daño posible con un solo ataque.

—Tiene razón. —En mi vida pasada vi documentales y manuscritos de esta táctica tan particular, pero verla en persona era muy diferente a los videos e ilustraciones.

—Para pegar vamos a utilizar tanto la guarda, como el pomo, depende si queremos emular a un martillo de guerra o a una maza. La guarda no tiene un poder de penetración tan eficiente, pero es más rápida y debido a su amplio tamaño, hay mayor posibilidad de conseguir un impacto más certero. El pomo es diferente, por el tamaño del mismo es más difícil acertar a la cabeza, pero su daño es superior en todos los sentidos. Finalmente, otra táctica de este agarre es la puñalada mortal, es decir, picar al oponente con la punta de la espada y utilizar la fuerza de nuestros brazos para penetrar en los puntos blandos de la armadura. —Sir Marte desenvainó su espada de entrenamiento y de inmediato empleó la postura del golpe asesino: ambas manos en el centro de la hoja y con el pomo mirando hacia el frente, después intercaló la guardia para dejar la punta en la delantera.

Honestamente su explicación me dio muchas ideas.

Poder pegar tanto con la guarda, el pomo y la punta (con mayor exactitud), volvía esta técnica una de las más letales.

—Comprendo la teoría, ¿cómo iniciamos, mentor?

—Aún no desarrollas tus músculos y la fuerza necesaria para sostener el arma, así que nos centraremos en la técnica. Imita mi postura con tu espada de madera.

—De acuerdo. —Hice caso a las indicaciones de Sir Marte y de inmediato, sentí una enorme diferencia al sostener el arma de entrenamiento. Pese a no ser una espada real, la distribución del peso cambió considerablemente, lo sentía más ligero y fácil de mover; aunque sacrifiqué alcance para ello.

El centro de gravedad de una espada era más eficiente justo a la mitad, como cualquier otra superficie recta.

—Alteza, ¿sintió la diferencia?

—Sí, el agarre se siente más firme y creo que puedo pegar con más fuerza. Solo una duda, ¿no voy a cortarme los dedos o la palma si agarro una hoja afilada?

—En lo absoluto, mira bien mis manos. —Sir Marte acercó su espada justo a mi cara, allí pude ver como sus yemas sujetaban el metal sobre la base, no el filo y debido a ello, el agarre era muy cómodo y libre de cortes —. De todos modos, si te sientes inseguro puedes ponerte guanteletes o guantes de cuero para proteger tus manos y de paso, evitar que resbale por el sudor o la sangre que vayas derramando.

—T-Tiene sentido —murmuré, aún no sonaba del todo convencido. Pero ya había visto la efectividad de esta técnica en un duelo real, negarme a dominarla no era diferente a un suicidio.

—Descuide, alteza, para cuando usted use una espada real ya habrá dominado el agarre correcto. Esta técnica, al igual que todas las demás, requiere muchos años de entrenamiento y dada su joven edad, cuando llegue al trono ya será un duelista bastante bueno.

—Bien, comencemos a entrenar entonces...

Alda llegó poco después e igualmente recibió las mismas indicaciones para dominar el nuevo agarre. Conforme pasaron los días fuimos aplicando más fuerza en los golpes al aire y luego pasamos a pegarle a muñecos de paja.

Fue allí donde Alda y yo sentimos el peso del impacto más riguroso, sobre todo en los hombros y antebrazos. Un ataque contundente producía mayor retroceso al momento de chocar con una superficie dura y por lo mismo, debíamos acostumbrarnos a ese dolor para resistir cada latigazo de poder.

Poco a poco, lentamente, mi progreso como espadachín fue incrementando paulatinamente; desarrollé habilidades nuevas gracias a la impecable tutela de Sir Marte.

Y claro, pensaba usar estas técnicas nuevas en mi combate contra Ronaldo.

Capítulo 10: Nuevo camino

Interludio: Charla de reinas

Girasol mantuvo su semblante serio en todo momento, si había desconfianza en ella no lo demostró bajo ninguna circunstancia. Su vestido negro y joyas rojas rodeando su cuerpo realmente la hacían lucir más hermosa de lo normal; el título de la mujer más bella del reino seguía vigente en ella.

La joven madre sonrió con educación a las palabras de su interlocutor, un hombre encapuchado y ataviado con una armadura de cuero café.

—Los duques se encuentran muy inestables, señora regente, pero la población en general cada día está más descontenta con la situación. Sugiero no encender las llamas de la rebelión todavía, un movimiento apresurado nos llevará a todos al desastre.

—Eso ya lo sé, ¿cómo está la situación de los nobles?, ¿cuál es su postura?

—No tenemos mucha información, la gran mayoría de la nobleza detesta el yugo de Apolo, pero otros son más colaborativos con ellos y temo que no se unan a la causa del Rey Ulric.

—Esto es preocupante, lo que debemos hacer es motivar a estos simpatizantes de Apolo para que se unan a nosotros y al mismo tiempo, mantener vigilados a los más belicosos para no caer en un ataque premeditado. Tenemos que ser precisos; ni antes ni después, de lo contrario moriremos todos.

Las palabras de Girasol contenían un peso más importante de lo que aparentaban. La reina regente nunca tuvo la intención de ser pasiva ante la crueldad que recibieron en la última visita del Rey Vlad II, además, ella misma quería dejar un terreno más o menos decente para que su hijo Ulric no tuviese que iniciar de cero.

—Comprendo, ¿hay alguien que desee eliminar? —El encapuchado no se anduvo con rodeos, lanzó la pregunta que tanto esperaba decir, sin embargo, Girasol negó con la cabeza.

—Aún no es momento para matar a alguien, solo mantenlos vigilados e infórmame cualquier movimiento extraño que notes. Si empezamos a matar simpatizantes de Apolo tan repentinamente, entonces Vlad se dará cuenta y empezará a montar una red de espionaje por estos lados.

—Comprendo, usted quiere pasar desapercibida hasta que sea el momento de actuar.

—Así es, como miembro de la Policía Secreta seguro conoces tu rol: espiar, informar y asesinar, no hagas nada ajeno a esas tres cosas. Contrario a la creencia popular, un asesinato no es una táctica adecuada cuando deseas mantenerte abajo; no buscamos demostrar nuestro inexistente poder, sino dejar que los enemigos crean que nos tienen sometidos.

—Entendido. —Tras decir esas palabras, el agente se retiró sin dejar rastro alguno.

Girasol ojeó los papeles que ya tenía en su escritorio, muchos de ellos eran cuentas por pagar, tributos e impuestos. Meros números que le provocaban estrés acumulado.

«La tarea que le dejé a Ulric es importante para su crecimiento, un buen rey no siempre es una persona amable y, sin embargo, me preocupa su actitud»

La muerte de Sora caló profundamente en el corazón de su amado niño, Girasol aún podía recordar la mirada implacable que tuvo Ulric mientras juraba venganza en el funeral.

Su adorable hijo tenía un corazón puro y gentil, pero debido a su inmenso amor hacia sus seres amados esa misma emoción positiva podía transformarse en un odio visceral capaz de llevarlo por un camino de venganza.

Y si algo sabían los reyes, era que las venganzas personales estaban fuera de cuestión. Los grandes hombres de estado debían siempre velar por el interés del pueblo; aún si para ello sacrificaban sus propios ideales u objetivos en el proceso.

Girasol temía que la misma pureza de Ulric le jugase en contra, por eso mismo, se sintió muy agradecida cuando sus palabras consiguieron calmarlo para evitar un desastre monumental.

«Sin embargo, ¿qué pasará si llego a morir?, no quiero ni pensarlo. Ulric podría estallar en furia y lanzar un ataque brutal que termine matando a todos, no solo a él, sino al reino entero. Controlar su personalidad explosiva debe ser mi siguiente prioridad, ya le estoy enseñando a ser implacable para conseguir sus metas, luego le iré guiando para

mantener la cabeza fría. Sin embargo, no sé si pueda cambiarlo, pese a su edad es una persona con las bases de su personalidad muy cimentadas. Como si fuera un adulto»

Los pensamientos de la reina madre no paraban, sabía que su hijo Ulric necesitaría ayuda en caso de recibir una tragedia personal. Y justo en ese momento, la puerta de su oficina personal sonó.

—S-Señora Girasol, ¿puedo pasar? —Una voz inocente y dulce la llamó desde el otro lado.

—Adelante.

—Con su permiso. —La pequeña Ingrid ingresó a la habitación con una sonrisa educada, la niña de blancos cabellos hizo una reverencia y posteriormente caminó hasta quedar frente a la hermosa dama —. Buenas tardes, Señora Girasol.

—Ingrid, qué bonita sorpresa ¿Cómo estás? —La reina regente devolvió la sonrisa a la prometida de su hijo, una niña de cuya unión no ganarían ningún poder político.

Aun así, a Ulric parecía agradarle y ella también no pudo evitar simpatizar con la situación de Ingrid.

—E-Estoy bien, de hecho… He venido a pedirle un enorme favor.

—¿Un favor?, por supuesto, habla sin miedo.

—Alda y Ulric ya han comenzado a moverse, sus caminos están cada vez más fijos y sin embargo… Yo no he logrado nada, deseo ser útil al país y convertirme en una gran reina como lo es usted, sé que es muy pronto, pero yo... Yo... —La voz de Ingrid tembló durante unos segundos, pero rápidamente se llenó de valor para confesar sus más honestos sentimientos —. ¡Yo deseo convertirme en su dama de compañía!, quiero aprender de usted y así volverme una reina competente en el futuro.

La expresión de Girasol se ablandó.

Ingrid había cambiado mucho en tan solo un año dentro del castillo. De la asustadiza niña que llegó al palacio ya solo quedaba un recuerdo. Si bien, seguía siendo tímida y humilde en muchos aspectos, la determinación de querer avanzar en la vida fue un progreso importante.

—Ya veo, deseas aprender de mí, es un honor que pienses así, pequeña Ingrid. —Girasol acarició los cabellos blancos de la niña y después sonrió con toda la dulzura maternal que su rostro podía ofrecer —. Muy bien, acepto tu petición, de ahora en adelante serás mi dama de compañía personal. Irás a las reuniones conmigo, limpiarás mis platos, vasos, copas y también traerás la ropa que te ordene. Observa todo lo que puedas, desde mis gestos, las palabras que digo y también el trato con la nobleza de Etrica. Yo misma te guiaré para convertirte en una reina excepcional.

Los ojitos miel de Ingrid se llenaron de brillo y emoción, lucía tan adorable que la joven madre no aguantó la tentación y le dio un suave abrazo a la pequeña para felicitarla por su valor.

—G-Gracias, Señora Girasol —murmuró Ingrid, mientras era aplastada por los brazos de la reina madre.

Sin saberlo, Ingrid había entrado al plan personal de Girasol para proteger el reino, ayudar a Ulric y de paso, brindarle una oportunidad de mostrar su verdadero valor político.

«Esto es perfecto, Ingrid será la esposa de mi hijo tarde o temprano. Si logro hacer que ambos se enamoren con el tiempo, entonces Ingrid tendrá el poder de parar a Ulric si llego a morir o si ocurre una tragedia en nuestra familia. Mi hijo es un niño muy listo, pero a veces siento que su personalidad es la de un hombre adulto; y a los adultos no puedes cambiarlos por más que los intentes educar. No es un plan del que me sienta orgullosa, pero todo lo hago por el bien de mí querido hijo y el de Etrica.»

—¿Cuál es mi primera tarea, Señora Girasol?

—Tengo una tarea especial para ti, Ingrid, una que realmente determinará cuanta confianza ponga en ti, verás… Ulric está pasando una prueba difícil para mejorar sus habilidades de liderazgo.

—Oh, sí me comentó algo al respecto, me dijo si lo odiaría o no por cometer actos malos para hacer el bien. Y-Yo le dije que no tenía que preocuparse, porque usted y Alda lo seguirían amando sin importar lo que suceda.

—Bien dicho, entonces ya sabes cuál es mi prueba: necesito que ayudes a Ulric con su misión. Recuerda, serás la reina de esta nación y también una parte fundamental en la vida de mi hijo, no importa si lo amas o no, necesito que seas algo más que un adorno en el trono. Piensa por ti misma, analiza la situación y busca una oportunidad para que todo salga bien. —Girasol soltó a la niña y le miró con muchísima seriedad, sus ojos mieles parecían los de una persona diferente —. Yo te llamaré cuando haya una reunión con los nobles o el ejército, de mientras eso es todo, pequeña. Estoy segura de que me harás sentir orgullosa.

El semblante serio de Girasol desapareció, en su lugar, volvió la sonrisa maternal de siempre y gracias a ello, Ingrid pudo relajarse.

— ¡Me esforzaré!

Girasol sabía que su plan no sería sencillo, forzar el amor nunca daba buenos resultados y debido a ello, pensó en buscar una manera orgánica para que Ulric llegase a enamorarse de Ingrid Wall.

Sin embargo, había una barrera invisible que bloqueaba cualquier avance entre ellos. Una que por algún motivo Girasol no entendía bien.

Si bien, su hijo trataba con amabilidad y cariño a la niña de blancos cabellos, siempre mantenía una cordialidad profesional con ella, como si se tratase de un adulto lidiando con un niño más pequeño.

La respuesta era complicada.

Ulric, como reencarnado de otro mundo, mantenía ciertos aspectos de su personalidad anterior. Para él, la simple idea de casarse con una niña siendo un hombre adulto en su interior, era repugnante, asquerosa, un pensamiento imperdonable que jamás se volvería realidad.

Este asunto, por desgracia, no era entendido por nadie más. Ni su madre, hermana o la misma Ingrid, tenían conocimiento de la realidad.

«Mi hijo es una persona extraña, pero quizá solo necesite tiempo. Los niños no son conscientes del romance hasta una edad más adulta; los dejaré vivir su infancia por ahora. Pero cuando cumplan 16 años… No descansaré hasta que se haya enamorado de esta niña. Por el bien del reino y su propia felicidad…»

Con algunos años pendientes como reina regente, Girasol aún tenía mucho trabajo por hacer.

Interludio fuera

Capítulo 11: El peso del comandante

Gracias a la educación universitaria que recibí en el otro mundo, muchos conceptos políticos no eran extraños para mí, sobre todo porque de un modo u otro los estudié cuando cursé la materia de historia. Además, adaptar mis conocimientos a este mundo no fue relativamente tan complicado.

Sin embargo, en cuanto a estrategia militar las cosas eran muy diferentes. Contaba con algo de ventaja gracias a mi razonamiento lógico, pero en lo referente a números, población y estrategias militares no estaba tan adelantado como me hubiese gustado.

Sir Einar era implacable con sus lecciones, pero tampoco injusto. Si teníamos dudas nos las respondía sin rechistar; gesto que mi hermana Alda realmente apreció. Sus capacidades intelectuales no podían compararse con las mías; hasta una comparación me parecía injusta de realizar.

—Muchachos, es hora de que les enseñe una parte fundamental de nuestro ejército: la caballería pesada. Esta es nuestra mejor arma, los caballeros blindados son una fuerza demoledora, nada aterroriza más a los enemigos que una poderosa carga. —El Maestro de Guerra pausó su discurso durante unos segundos, como si estuviese buscando las palabras adecuadas para continuar —. Pero al mismo tiempo, los caballeros son muy difíciles de controlar, una gran mayoría es arrogante y creen que pueden mandarse solos. Buscan gloria y honor, dos valores que no tienen lugar en el campo de batalla.

Sir Marte Hogan era quizá una excepción.

Pero él pertenecía a la Guardia Real, por lo tanto, no podía usarlo para compararlo con el resto de los caballeros.

Honestamente, no tenía mucho contacto con los caballeros normales; solo mi guardia personal y hombres de armas elevados al rango de "sir" por méritos personales.

—Los caballeros son guerreros fuertes —comentó Alda, con una sonrisa llena de admiración —. ¿Yo puedo convertirme en un caballero?

—Sí —respondió Sir Einar —. Como eres una mujer, tu rango sería "Lady", pero ante la ley tendrías las mismas responsabilidades que un caballero normal.

— ¿Y cómo me convierto en un caballero?, o en este caso, en una Lady.

—A eso voy —pausó Sir Einar —. No todos los caballeros son de origen noble, pero los más renombrados y que tienen bajo su mando su propio séquito de soldados, sirvientes y hasta fuertes, sí lo son. Por lo tanto, es muy necesario que los dos se conviertan en caballeros lo más pronto posible.

—Entiendo que Alda necesita el título, ¿pero por qué yo también?, digo, soy el futuro rey de este país, mi nombre no llevará el título de *Sir* detrás.

—Se considera una tradición que todos los reyes sean caballeros; sino lo eres, entonces muchos podrían cuestionar tu legitimidad. Lo que menos necesita el reino es una facción separatista, recuerde, alteza, somos una sociedad marcial y aquí valoramos mucho la fuerza militar.

—Cierto.

De nuevo, la imagen de Ronaldo siendo golpeado volvió a mi mente. Si nuestra sociedad fuese más pacifista y enfocada al arte, tal vez sus talentos serían mejor apreciados y el mundo más fácil para gobernar.

¿Debería cambiarlo?

No, por experiencia sabía que los cambios sociales no se lograban en una o dos generaciones; era un proceso constante que tardaba décadas, incluso siglos y ahora mismo, lo que más necesitábamos era poder marcial para vencer al Reino de Apolo.

—Comprendo, supongo que me volveré un caballero entonces. No estaba dentro de mis planes, pero si no hay mayor alternativa, lo haré.

—Me alegro de que lo entienda; respondiendo a tu pregunta, Alda, para convertirte en caballero necesitas lograr una proeza digna de renombre. Claro, podrían nombrarte en cualquier momento; pero sin testigos, hazañas o recomendaciones nadie le dará importancia a tu título.

—Oh, ¡suena genial!, debo hacer cosas increíbles para el título. ¡Es un gran desafío! —exclamó mi adorable hermana mayor.

—En mi caso, Sir Einar, los caballeros me harían más caso si me nombran en un evento público, ¿cierto?

—Así es, yo le recomiendo recibir su nombramiento en un torneo.

—De acuerdo, pensaré en algo para eso, prosigamos con la lección de caballería.

—Bien, ya que se hayan ganado el respeto de los caballeros, entonces deben pensar adecuadamente cómo usarlos. Recuerden, la caballería pesada es poderosa, pero su resistencia limitada; el peso de las armaduras afecta a los humanos y caballos por igual, necesitan ser decisivos y pensar bien cuando usarlos. De lo contrario, su efectividad se verá reducida por la mitad.

— ¿Y en qué momento los usamos? —cuestionó Alda, con sus ojitos inocentes.

—Depende de tu estrategia, algunos generales prefieren agotar a los soldados enemigos con escaramuzas constantes y flechas. Luego, liberan a la caballería para destrozar al enemigo. Otra estrategia, sin embargo, implica entablar combate cuerpo a cuerpo con la infantería, una vez cansada la línea de batalla, la caballería se divide en dos flancos y ataca desde los costados para terminar de romper la línea contraria y proseguir con una persecución. Ambos son planes válidos.

— ¿Y en dónde conviene usar ambos? —pregunté yo.

—Hay muchas consideraciones, el clima, por ejemplo; los caballeros montados funcionan mejor con el cielo templado. Si hay mucho calor, yo evitaría lanzarlos hasta el final de la contienda y si hay lluvia, lo mejor será desmontarlos y mandarlos directo a la infantería. No lo olviden, ¡jamás usen caballería pesada para luchar en terreno lodoso!, solo un imbécil realizaría esa jugada. Tampoco manden a sus caballeros en contra de caballería ligera; es cien por ciento seguro que se trate de la falsa retirada, un movimiento usado por los nómadas de las estepas.

—Y solo por curiosidad, ¿qué pasa si decido cargar de frente sin ningún plan? —La pregunta de Alda podía parecer tonta, casi un insulto a la táctica militar, pero Sir Einar sonrió con malicia y luego le dio unas palmadas en la cabeza a mi hermana.

—Excelente observación, cada batalla es un mundo diferente. A veces una carga visceral y descontrolada puede ser la llave para romper un cerco defensivo, intimidar al contrario y terminar un combate antes de que los enemigos tengan el tiempo de reagruparse. Sin embargo, debes estar muy segura de que la carga frontal tendrá éxito inmediato… O perderás.

—C-Comprendo —murmuró mi media hermana.

—Otra cosa que ya les expliqué, pero que les recordaré cada vez que sea necesario… Es que ustedes como generales tendrán en sus manos cientos e incluso miles de vidas, cada soldado, caballero, utilero e ingeniero tiene una familia, amigos, personas amadas que los esperan en casa. Si cometen un error, cargarán con sus muertes el resto de sus vidas; muchos no soportan esa presión y se suicidan por la culpabilidad. Esto no es un juego, la vida de las personas no puede ser tomada a la ligera.

Su discurso estaba en lo correcto.

Muchas veces los generales y oficiales de alto rango se olvidaban de ese pequeño detalle: los humanos no eran inmortales y no se necesitaba mucho para que alguien encontrase su destino final.

Alda asintió con la cabeza y después cerró los ojos.

—Lo sé... Conozco a los guardias que vigilan mi palacio, ellos no son piezas de un tablero... Uno se llama Francisco y está enamorado de la florista Lulú, sería una desgracia si llegase a morir sin confesar sus sentimientos. Luciano, Martino, Edgar, Héctor, todos ellos son muy importantes. —Las palabras de Alda parecían dichas por otra persona, ella en serio no bromeaba, conocía a casi toda la guardia que custodiaba los patios, se ganó su confianza platicando, jugando bromas y pasándoles bocadillos a escondidas.

Alda no era querida por su condición de hija del rey (aún si era ilegítima), sino por su amabilidad y carisma personal.

—Sin embargo —interrumpió nuestro mentor —. Tampoco somos héroes, en las guerras mueren personas y es imposible salvarlos a todos. Cada vida tiene un valor, eso es cierto, pero si vas por ahí queriendo salvar a cada soldado bajo tu mando, entonces es probable que los pierdas a todos.

—E-Eso es cierto —admitió Alda —. P-Pero aun así, yo haré siempre todo lo posible para que las bajas sean pocas.

—En mi caso haría lo mismo, después de todo, de nada sirven las victorias si pierdo el apoyo de mi gente. Un rey que no es apoyado por sus propios soldados está condenado al fracaso, si los mando al matadero a cada momento por obtener algunas victorias, no valdrá la pena a largo plazo. —Mi declaración era una mezcla de bondad, desdén y también determinación. No me gustaba la idea de sacrificar personas para lograr mis metas, además, yo no seguiría a nadie que me llevase a una muerte segura.

Simple lógica.

—Es una postura entendible, alteza, para eso tendrán que estudiar bastante. Ya que les he vuelto a explicar la importancia de la vida, necesitan aprender estrategias para que sus futuras batallas no se conviertan en desastres.

Las lecciones continuaron sin mayor problema.

Sir Einar nos enseñó la formación cerrada, el muro de escudos avanzados y hasta propuso un testudo primitivo conformado por escudos gruesos. Personalmente no era fanático de dicha técnica, pero al menos funcionaba mejor que la ya obsoleta falange.

Ni siquiera en este mundo se le consideraba una formación efectiva. (La formación de los tercios españoles no era viable con mis milicianos)

Memorizar estas notas era complicado, incluso con mi conocimiento y educación superior, las técnicas de retención no me parecían demasiado eficientes.

Al terminar la clase, Alda y yo nos retiramos del lugar con muchas preguntas en la cabeza. No teníamos ganas de discutir lo aprendido, en su lugar, nos topamos con Ingrid a medio camino.

—Hey, buen trabajo. —Nos saludó la niña de cabellos blancos.

—Igualmente, ¿cómo te van las lecciones con mamá?

—S-Son pesadas —admitió Ingrid —. Pero me esfuerzo bastante, Girasol es una gran reina regente y estoy segura de que aprenderé mucho a su lado.

Cuando Ingrid me dijo que sería una dama de compañía oficial, no pude evitar sentirme feliz por ella. La tímida y asustadiza niña que vino a nosotros se estaba convirtiendo en una hábil cortesana.

Este cambio no sucedió de la noche a la mañana.

Pasó por muchas dificultades, momentos duros y probablemente, varios de sus traumas permanecerán con ella hasta el día de su muerte. Aun así, ella eligió avanzar en el camino de la vida y no lamentarse a sí misma por las decisiones tomadas.

— ¡Muchas felicidades, Ingrid! —exclamó Alda, con una sonrisa de oreja a oreja, el cansancio de hace unos instantes pareció desaparecer en menos de un parpadeo —. Girasol es una gran persona, ella te enseñará bien. Y-Yo también necesito mejorar mis habilidades intelectuales, allí no soy tan buena.

—Todos tenemos talentos diferentes —afirmé —. Ingrid es lista y elegante, tú eres valiente y determinada. La verdadera fuerza nace cuando todos unimos nuestras habilidades y las usamos para el bien común.

—Por cierto, Ulric, creo que he encontrado una manera de ayudarte. —Ingrid llevó su mano diestra directo al mentón, luego fijó la mirada en Alda —. Ya sé cómo hacer que Yuka nos respete.

— ¿Eh?, ¿en serio?

—Sí —contestó Ingrid —. Lo pensé detenidamente mientras estaba junto a Girasol y luego de observar sus reuniones, creo que ya encontré la manera…

—No sé de qué hablan, ¿me explican? —La interrupción de Alda no me pareció fuera de lugar, incluso yo estaba confundido por la repentina idea de nuestra preciada amiga.

—Para que Yuka nos respete, Alda, necesitamos hacerle ver lo necesarias que somos nosotras y también el resto de la servidumbre.

— ¿Y cómo haremos eso?, Yuka no se atreve a mirarnos a la cara…

—Porque ayudaremos a su familia —sentenció Ingrid, con una sonrisa ambiciosa sobre sus labios.

— ¿Y cómo harán eso? —volví a preguntar, la idea de Ingrid no me parecía mala. Pero del dicho al hecho, había todo un trecho.

—Ulric desafió a un duelo de honor a Ronaldo, todos sabemos que él no tiene oportunidad solo y su entrenador no hace nada para ayudarlo. Es allí donde entramos nosotras, Alda, tú le ayudarás a entrenar con tus habilidades marciales y yo lo orientaré en cuestión intelectual. N-No soy buena con las armas —admitió Ingrid, con un pequeño rubor en las mejillas—. Pero puedo aprender la teoría y también mostrarle a Yuka que nos preocupamos por su futuro éxito.

—Ya veo, quieres demostrarle que pueden ser útiles a su causa y también ganarte su confianza en el juego político. Por Dios, Ingrid, sí que has estado aprendiendo de mamá. —Volví a darle una sonrisa y de inmediato, levanté mi dedo gordo diestro en señal de aprobación.

—E-Eh, no entiendo mucho de esto, pero si se trata de ayudarlo a entrenar, cuenta conmigo. N-No me gustaría ver a mi hermano ganando una batalla injusta.

—Espero que no te moleste, Ulric. —Ingrid inclinó su cabeza y me miró con ojitos tímidos, por un momento volvió a ser la niña miedosa que vino al castillo hace tiempo.

—No, al contrario. Estoy feliz por tu idea, creo que es una buena manera para ganarse el respeto de esa niña y al mismo tiempo, mostrarle una lección de humildad. Ella no dará su brazo a torcer, así que les deseo la mejor de las suertes.

— ¡Claro! —exclamó Ingrid.

— ¡Hagámoslo entonces! —Alda le siguió la corriente y de inmediato, ambas corrieron juntas para buscar a Ronaldo y empezar así el plan maestro.

Capítulo 12: Nobles y no tan nobles

Interludio: Cortesana

Ulric decidió dejar el asunto en manos de sus preciadas amigas; retomó sus estudios y entrenamiento en solitario, pues las niñas tenían sus propios planes.

Alda e Ingrid llegaron al campo de entrenamiento donde Ronaldo apenas podía trotar, Yuka, más interesada por los resultados que su propio hermano, yacía sentada bajo un parasol y una mirada repleta de fastidio.

Su hermano apenas podía moverse, la visión del niño regordete corriendo y tropezando le hizo sentir avergonzada. Mientras tanto, el Sargento Morsa continuó atormentando al muchacho de todas las formas posibles.

Tanto él como Ronaldo, eran plenamente conscientes de que el talento marcial del niño era nulo, si a eso sumaban el interés insignificante del chico y su miedo natural a las peleas, entonces el resultado era una triste mentira que solo servía para engañarse a sí mismos.

—Mestizas, ¿qué desean de nosotros? —Yuka las recibió con hostilidad, en su mirada solo había desprecio hacia las protegidas del Rey Ulric.

— ¿Por qué tanta agresividad? —respondió Ingrid, mientras le devolvía una sonrisa pasiva que aprendió de la misma Girasol.

La niña de blancos cabellos había visto a su mentora charlar con militares, nobles de alto nivel y cortesanos venenosos. Todos se dirigían a la madre de Ulric con cierto desprecio sobre sus voces, pero ella en lugar de intimidarse, solo les mostraba una sonrisa amable y carente de temores.

No era fácil llegar a ese nivel de temple, a Girasol le costó mucho tiempo y esfuerzo lograr semejantes gestos.

—Niña bastarda, deja de molestarnos. —Alda quiso decir unas palabras, pero su mejor amiga negó con la cabeza sin perder la sonrisa indiferente.

—Alda es una gran luchadora —comentó Ingrid, mientras presentaba a la niña —. No soy experta en artes marciales, pero leí que un compañero de entrenamiento siempre es mejor para pulir la técnica.

—Ya tiene al Sargento Morsa.

—Cierto, señorita Yuka, pero él es su entrenador, no un compañero de práctica. Sabes que necesita ayuda extra y Alda es la persona indicada para el trabajo.

— ¡Claro que lo soy! —La media hermana del rey dio un paso adelante con la determinación en alto.

—D-De todos modos, el Sargento Morsa no lo permitirá. Hablen con él.

—Eso haremos. —Ingrid respiró profundamente, una cosa era hablar con una niña de apariencia fina como Yuka y otra, muy diferente, entablar conversación con un adulto.

Las dos jovencitas entraron al campo de entrenamiento y de inmediato, llamaron la atención del sargento.

—B-Buen día, sargento. —El rostro de Ingrid se llenó de dudas, hasta el momento había mantenido su expresión calmada, pero ver al hombre de armas enojado y con el físico pesado, rápidamente le hizo sentir temor. Su corazón latió más rápido de lo normal y las manos empezaron a sudarle mucho.

—Escuché la mierda que dijeron, la respuesta es no. Ronaldo solo puede aprender con los golpes que le doy.

—P-Pero él no está aprendiendo nada, ¡solo le estás pegando! —gritó Alda, muy inconforme con aquella injusticia.

—Estas son artes marciales, ¡no un puto baile!, si no tienen nada qué hacer, entonces piérdanse.

Alda frunció el ceño, intentó responder a su provocación, pero Ingrid le sujetó del hombro izquierdo y nuevamente, negó con la cabeza.

—E-E-Entiendo, gracias por su t-tiempo.

Las amigas se retiraron del campo y dejaron a Ronaldo recibiendo sus golpes correspondientes. El chico odiaba su propia vida y existencia con cada impacto que su pobre cuerpo recibía.

Morsa no tuvo piedad, ni siquiera intentó amainar los golpes que le daba para según él: "endurecerlo".

—¿Por qué nos hemos ido? —preguntó Alda.

—Porque tiene razón, nosotros no somos las indicadas para eso. Pero conozco a una persona que sí...

Una lección importante que aprendió en su primer día como dama de compañía, fue a medir sus propias capacidades como cortesana en potencia.

Toda la estructura política del Reino de Etrica era una cadena de mando que se iba desglosando conforme pasaban los sucesos. Girasol y Ulric estaban hasta arriba, luego los duques, barones, condes y la escalera no se detenía allí.

Estando en solitario, las posibilidades de lograr un cambio eran nulas. Ni siquiera los caballeros más fuertes podían ganar una guerra solos, necesitaban al campesinado, la milicia y a los nobles de alto nivel para organizarlos.

El Sargento Morsa tenía un rango alto dentro del séquito de los Vaso Negro, sus habilidades como entrenador no eran tan buenas, pero el tiempo que sirvió y luchó para la causa del duque le había dado cierto estatus que lo ponía por encima de luchadores más capacitados.

Para la alta sociedad, el rango importaba en demasía.

Luego de su fallido intento por convencer al sargento, entraron a la recámara privada de Girasol, allí la madre de Ulric las recibió con una sonrisa.

—Señora Girasol. —Ingrid hizo una educada reverencia que su amiga imitó, con cierta torpeza—. He venido a pedirle un favor.

—Estoy un poco ocupada, Ingrid, hoy voy a recibir a un nuevo miembro de la Guardia Real. Pero te escucho.

—El Sargento Morsa no nos permite apoyar a Ronaldo con su entrenamiento. Ulric dice que podemos ganarnos el respeto si apoyamos a la familia Vaso Negro en el duelo.

—Ya veo, entonces Ulric lo hizo bien… —La mujer de hermosos cabellos negros se mostró satisfecha, su hijo quería ganarse el apoyo de una familia ducal y no solo eso, también hizo que sus dos preciadas compañeras formasen parte de su plan.

En su interior, Girasol realmente se cuestionó cuáles eran los límites de Ulric, pues parecía volverse más inteligente conforme pasaban los días.

— ¿Nos puede ayudar? —susurró Alda, con sus ojitos inocentes que siempre conmovían a la joven madre.

—Claro que sí, pero tendrá que ser mañana…

Por tal motivo, al día siguiente, Alda e Ingrid volvieron acompañadas por la mismísima Girasol.

La reina regente caminó con la elegancia que le caracterizaba, portaba su clásico vestido negro con joyería dorada en el cuello. Los soldados se inclinaron ante ella conforme sus pasos la acercaron al lugar donde Morsa y Ronaldo entrenaban.

Yuka también estaba supervisando la práctica de su hermano; odiaba la idea de sufrir una humillación.

—Sargento Morsa. —Girasol mandó a llamar al entrenador con su tono autoritario, el militar se vio forzado a pausar las repeticiones de espada para atender el llamado de la gobernante sustituta.

— ¿Me ha llamado?

—Sí, tengo una nueva tarea para ti. Necesito que patrulles los alrededores de la capital, tenemos noticias de ladrones pertenecientes al Puño Gris atacando a comerciantes. Requiero a un hombre de tu experiencia en el mando.

—S-Será un honor, Señora Girasol, ¿pero qué sucederá con mi encargo?, tengo órdenes precisas de mi señor para entrenar a Ronaldo.

—Ya me encargué de ello, Lady Nora, adelante…

La nueva miembro de la Guardia Real hizo acto de presencia, la mujer era una chica de 23 años, tenía el cabello castaño, los ojos cafés y la piel morena, un tono muy parecido al de la difunta Sora, pero a diferencia suya sus pechos eran pequeños y debido al arduo entrenamiento, sus músculos lucían torneados incluso sin armadura.

—Estoy a sus órdenes, Señora Girasol.

—Te asigno la misión de entrenar a Ronaldo y también proteger a Yuka. Ellos son invitados valiosos en el castillo, su padre es un honorable duque, así que espero una defensa impecable de tu parte. Recuerda, la seguridad de estos niños es la seguridad del rey, no quiero excusas.

—Y no las habrá, mi señora. —Lady Nora volvió a inclinarse en señal de respeto, luego pasó al lado del Sargento Morsa y nuevamente le dedicó una educada reverencia —. Yo me haré cargo desde aquí.

El sargento no podía objetar, un mero hombre de armas como él carecía de voz para discutir las elecciones hechas por la persona con mayor rango dentro del castillo.

Antes de retirarse a cumplir sus nuevas órdenes, el militar lanzó una mirada furtiva y llena de odio hacia su ex protegido.

Nunca logró nada con él y ciertamente, sintió la vergüenza sobre sus hombros.

—Me retiro. —Sin decir nada más, Morsa aceptó su derrota como entrenador y abandonó la sala, para nunca más volver a la vida de Ronaldo.

Yuka vio todo el espectáculo sin poder creerlo, habían asignado a un miembro de la Guardia Real como entrenadora personal de su hermano, no solo eso, Ingrid también dio a entender un mensaje muy poderoso detrás de sus acciones.

«Alda y yo tenemos a Ulric y Girasol de nuestro lado.»

—Con esto las tablas se igualarán, el Rey Ulric también se encuentra entrenando bajo las órdenes de Sir Marte Hogan, el capitán de la Guardia Real. —Yuka se vio forzada a reconocer el favor que ambas niñas le hicieron, ella aún las odiaba desde lo más profundo de su alma.

Pero una cosa era el odio y otra, muy diferente, su orgullo como una señorita noble.

Tal vez era pedante, altanera y grosera, pero Yuka tenía el honor inmaculado como casi todos sus parientes.

—Gracias por la ayuda, Señora Girasol. —La orgullosa niña agradeció a la reina madre por compromiso, sin embargo, ella señaló a las niñas con una sonrisa despreocupada.

—No me agradezcas a mí, hazlo con ellas. Fue Ingrid quien me pidió de favor venir para ayudarlos. —Girasol señaló a las pequeñas con orgullo, escuchar el plan de Ingrid ciertamente fue un avance demasiado rápido.

Quizá la pequeña tenía talento para la política.

—E-Entonces, g-g-gracias, Ingrid y Alda, t-tienen mi agradecimiento. —Pese a tartamudear del coraje y la frustración, Yuka logró comportarse como toda una señorita.

—Muchas gracias y un placer —complementó Ronaldo.

—Bien, pues comencemos a practicar. La señorita Alda se encuentra entrenando con Sir Marte Hogan también, pero de vez en cuando puede apoyarnos con el entrenamiento. Será un placer trabajar con usted, señorita. —Lady Nora desenvainó su espada de entrenamiento mientras hablaba, la joven guardia quería demostrar su valía cuanto antes, pues consideró el cargo de maestra de armas ducal como un puesto sumamente importante —. Escuché que no te gustan las armas, Ronaldo, ¿es eso cierto?

El infante regordete inclinó su semblante y esperó un regaño con su respuesta.

—No me gustan…

—Entiendo, pero no te preocupes. —La mujer caballero dio unos pasos hacia el frente y luego acarició los cabellos revueltos del pequeño —. No tiene por qué gustarte para ser bueno, claro, un poco de actitud positiva siempre te hace más fuerte. Pero una gran mayoría de soldados no aprecia el oficio de las armas, para ellos el entrenamiento es un trabajo, nada más, nada menos.

— ¿Un trabajo? —comentó Ronaldo.

—Así es. Te sorprenderá saber este dato, pero la gran mayoría de personas considera el oficio de soldado como riesgoso y poco deseable. Sin embargo, es una obligación moral, así que no podemos darle la espalda.

—E-Entonces… ¿No soy el único que odia las armas?

—En lo absoluto, Ronaldo.

—Q-Que alivio. —Escuchar esas palabras tuvo un efecto positivo en el niño, toda su familia poseía gran virtud marcial, con excepción suya y de Yuka. Pero ésta última no tenía la profesión de guerrera y por tal motivo, percibir esas dulces palabras directamente de una Guardia Real, le quitó un gran peso de encima.

—Como buen noble tienes un deber que cumplir, sin embargo, nadie dijo que debías ser un guerrero. Conmigo aprenderás la profesión del soldado y podrás desempeñarte sin avergonzar a tu familia, no necesitas disfrutarlo. —La mujer le dio unas palmaditas en la cabeza y después señaló a la hermana del rey —. Señorita Alda, ¿podría por favor mostrarle a Ronaldo la postura básica?, vamos a empezar desde cero.

—Claro que sí.

Alda hizo caso a las órdenes de la nueva dama; el niño nunca se había sentido tan seguro dentro de un patio de armas. Tener a una chica joven enseñándole y no al abusivo sargento era una bendición que recordaría el resto de su vida.

Fue así como inició el entrenamiento formal.

Lady Nora trotó junto al pequeño los primeros días para darle confianza, en lugar de azotarlo cuando se cansaba decidió detenerse junto a él y motivarlo a seguir caminando.

—Vamos, vamos, si no puedes trotar entonces camina, yo estaré contigo.

Ronaldo al principio solo daba 2 vueltas antes de parar, sin embargo, empezó a marchar hasta completar 4 vueltas sin desfallecer. Conforme pasaron las semanas el número de vueltas al trote incrementó a 3, luego a 4 y así hasta completar las 5 que debía hacer como requerimiento mínimo.

Centraron su atención en el acondicionamiento físico y no en la técnica. Pues de nada servía la esgrima si el estado físico del luchador era bajo.

Una vez por semana, Alda tenía pequeños combates de entrenamiento con Ronaldo. No le pegaba y todo quedaba en simple marcación, el chiste era perder el miedo a los golpes y centrar la mirada justo al frente.

Lady Nora quería que Ronaldo aceptase los ataques sin voltearse o dar la espalda, se fue más por el lado del carácter y el valor, en lugar de la técnica.

—Nunca quites la mirada, ¡la vista siempre al frente!

—S-Sí, Lady Nora.

De vez en cuando, Ingrid llegaba al patio de armas para revisar los avances de Ronaldo. Yuka se había acostumbrado a la presencia de la futura reina y debido a ello, decidió ignorarla.

—¿Cómo vamos, Lady Nora? —Ingrid poco a poco estaba dejando atrás su miedo a los adultos, sin embargo, continuaba siendo una niña tímida para los asuntos personales. Un rasgo de personalidad que probablemente permanecerá junto a ella el resto de su vida.

—Ronaldo ya tiene mejor condición física y ha perdido el miedo a los golpes. Pero queda mucho camino por recorrer. Ahora nos centraremos en la técnica.

—Eso es bueno, estaré supervisando el entrenamiento para informar a la Señora Girasol. S-Si no es molestia…

—Claro que no, señorita Ingrid, usted es siempre bienvenida, ¿cierto, Ronaldo? —La expresión confiada de Nora hizo mella en su pupilo, éste asintió con la cabeza y continuó realizando la fastidiosa tarea de darle espadazos al muñeco.

— ¿Cómo va el entrenamiento del rey? —cuestionó Yuka, mientras ocultaba la preocupación por su hermano. Habían pasado 5 meses desde la expedición del desafío y ella no veía cambios notables en Ronaldo. Temía tanto por su seguridad, como la reputación de su clan.

—Ulric es bueno —afirmó Ingrid, con el semblante oscuro y reservado —. Lo he visto entrenar y aparte de talento, se esfuerza muchísimo. N-No sé mucho de artes marciales, pero la manera en que se mueve realmente da mala espina.

— ¿Y no lo dices solo por qué te gusta? —bromeó Lady Nora, para hacer sentir mejor a su estudiante.

—E-Eh… Y-Yo…

— ¿Lo ves, Ronaldo?, no puedes confiar en las palabras de una chica enamorada. El Rey Ulric es bueno, pero tampoco es un caballero… Sus niveles no están muy alejados. —Aquello fue una mentira, Lady Nora sabía muy bien las habilidades del monarca y en su interior, no tenía muchas esperanzas.

Claro, confiaba en Ronaldo y apreciaba su enorme esfuerzo para salir adelante; pero a veces las murallas iban más allá de cualquier capacidad. Si no podía volver a Ronaldo un gran luchador, al menos le quería dar esperanza para combatir honorablemente.

Hace poco, la reciente dama de caballería dio un vistazo rápido a los entrenamientos del rey. Allí entendió de primera mano que la capacidad del chico iba más allá de su edad, cada postura era perfecta y practicada durante horas.

En cuanto al desempeño físico, la única ventaja de su alumno era la complexión robusta que presumía, regalo genético de su padre.

—Muchas gracias, señorita Nora, ¡no puedo fallarle a usted! —La sonrisa contenta del pequeño le hizo sentir feliz, si bien, las armas nunca serían una pasión para Ronaldo, gracias a ella pudo afrontar el problema de una forma llevadera y quizá, solo quizá… Ganarse la aprobación de su tan estricto padre.

—Esa es la actitud, ¡ánimo!

Y así, los meses continuaron transcurriendo, poco a poco, lentamente…

INTERLUDIO FUERA

Capítulo 13: Planes a futuro

Nunca fui un fanático de los números y la administración de recursos, para eso tenía a mis contadores personales, estadistas y al buen Gonzalo. Ellos hacían buen trabajo; pero en este caso no había forma de librarme del embrollo.

Y, además, quería probar algo.

Socialmente hablando, la comida de los nobles y el populacho, era muy diferente. En primer lugar, porque la dieta del campesinado se componía principalmente de pan, pescado, res y pollo, las tres principales carnes. De vez en cuando usaban las naranjas, limones y manzanas como botanas o jugos, pero no eran precisamente buenos con el resto de las verduras debido al elevado precio.

Los nobles, por otro lado, variaban más su dieta; gracias a su poder adquisitivo podían comprar verduras y frutas frescas, también había frutos raros que no conocía en mi vida pasada, como la cetroika y el lamonado. El primero tenía la forma de una pasa, pero al probarla su sabor era dulce y el segundo, parecía una sandía color azul sin ninguna semilla dentro.

En cuanto a la carne, los nobles preferían el venado, animal que solo ellos podían cazar, jabalíes y por supuesto, el pan suave hecho con ingredientes de alta calidad.

Llamó mi atención que el cerdo se consumía poco.

Esto debido a la errónea creencia de que eran animales sucios. Craso error.

—Alteza, ¿qué necesita saber? —preguntó Gonzalo.

Habíamos acordado terminar las clases temprano para discutir una idea que llevaba en mente desde el año pasado.

— ¿A los nobles no les molesta comer carne de res?

—Si bien no es su primera elección, la carne de res suele ser consumida por los nobles durante el invierno, cuando las condiciones del clima impiden la cacería del venado.

—Ya veo, entonces los nobles no le harán el feo a mi platillo especial, ¿cierto?

—No será su primera alternativa, pero es probable que lo hagan.

—Bien, pasemos a la siguiente parte, ¿la nobleza no se dedica al comercio, cierto?

—No, alteza, los nobles tienen muy mal visto el dedicarse al comercio, la artesanía o las artes en general.

—Pero no hay una ley que lo prohíba, ¿cierto?, es más algo social.

—Así es, alteza. —Gonzalo no entendía muy bien mis preguntas, pero las respondió de todos modos.

El Reino de Apolo ha estado tomando más tributos de nosotros recientemente, con la caída del Puño Gris, ellos aprovecharon esa oportunidad para contratar a sus ex miembros como cobradores y así llevarse casi toda la tajada.

Una maniobra muy rastrera, pero eficiente de todos modos.

—Recuerdas las hamburguesas, ¿cierto?, el platillo que presentamos en mi noveno cumpleaños.

—Sí, lo recuerdo...

—Estoy pensando en dar la receta al público y abrir un restaurante de hamburguesas en el centro de la ciudad. No se necesitan muchos ingredientes para hacerla y cada cocinero puede inventar su propia variación; el punto es alimentar a la población con comida barata, eficiente y fácil de producir en masa. De ese modo, mataremos dos pájaros de un tiro: la falta de comida a buen precio y los problemas económicos.

—E-Eh... Alteza, ¿piensa solucionar todos los problemas del reino vendiendo hamburguesas?

—Sí —contesté, mientras mostraba una sonrisa burlona —. Esto es solo más que vender hamburguesas, Gonzalo, pienso demostrar que los comerciantes tienen el potencial de volverse más poderosos. La ley pide que los tributos se hagan con producción, no tanto con monedas; al Reino de Apolo le encanta quitarnos nuestra comida y recursos, el oro también, pero no lo cuentan como sí lo hacen con nuestro trigo. Así ellos pensarán que nos tienen débiles, pero podremos crear buena comida con pocos ingredientes y utilizar el dinero para llenar las arcas del reino en el sector privado.

— ¿Piensa usar el sector privado para llenar las arcas?, ¿cómo?

—Los negocios actualmente son propiedad del reino, cada artesano y comerciante necesita un permiso para vender cosas y encima, pagan tributos injustos. La actividad agrícola continúa siendo la fuente de trabajo más grande para el campesinado; pero esto cambiará muy pronto: mi objetivo es darle más poder a los mercantes y hacer que la misma nobleza se involucre con ellos. —Hice una pausa a mi discurso para tomar aire y de paso, volver a sonreír —. Eliminaré los permisos y permitiré que cada persona pueda abrir el negocio que quiera, siempre y cuando pague al reino cierta cantidad de dinero, de acuerdo a las ganancias primarias que obtenga. De ese modo, las personas no solo podrán vender productos de primera necesidad, también abriré este libre comercio a los servicios. Por ejemplo, guardaespaldas privados, gremios de aventureros, costureros, reposteros, armeros, herreros y granjeros. Todos serán libres de comerciar y nosotros nos beneficiaremos.

—Lo hace sonar tan fácil, alteza, pero alterar la ley así de brusco será demasiado complicado. Sugiero ir moviendo poco a poco.

—En eso tienes razón, Gonzalo, poco a poco, después de todo, Roma no se construyó en un día.

—¿Roma?

—Es una antigua ciudad de un lugar muy lejano, no le tomes importancia. —Suspiré para continuar la conversación y cambiar de tema —. En lo que respecta el negocio que quiero abrir, voy a utilizar a Ingrid Wall como prestanombres, después de todo, ella no tiene tierras propias ni ingresos. Como estamos comprometidos, una vez que hayamos consumado el matrimonio la empresa nos pertenecerá a los dos.

— ¿Por qué no solo ponerla a su nombre? —volvió a cuestionar mi ayudante.

—Tú mismo lo has dicho, cambiar todo de golpe puede levantar sospechas. Si bien, usar a Ingrid revelará mis planes sin lugar a dudas, tampoco estaré incurriendo en una falta social y en cuanto obtenga el poder, promulgaré la ley yo mismo. En este tiempo, necesito que empieces a investigar los ingresos de la gente, el nivel de vida de las familias y dónde colocar el negocio principal. Estos años serán de planeación, todo se ejecutará una vez que cumpla la mayoría de edad.

—Tiene sentido, la señorita Ingrid y usted no se casarán hasta los 18 años a petición suya. Eso quiere decir que tendrá dos años para fundar la empresa y hacerla funcionar. Una vez que consumen el matrimonio, el restaurante ya estará produciendo ganancias y al mismo tiempo, varios negocios ya habrán empleado su propia versión de las hamburguesas, facilitando así el flujo de capital. Es una idea bien pensada, alteza, lo felicito.

—Muchas gracias, Gonzalo, todo es gracias a sus enseñanzas. —Eso de casarme a los 18 no tenía nada que ver con esto, fue solo un capricho mío para no tener culpa por andar con una menor de edad según las leyes mexicanas.

— ¿Es todo lo que desea saber?

—Hay algo más —comenté—. Quiero saber tu opinión de nuestro ejército.

—Para hablar de asuntos militares deberías ir con Sir Einar, él está mejor capacitado que yo.

—Lo sé, por eso mismo quiero tu opinión. Ya he hablado con Sir Einar, pero necesito una mirada neutral e inexperta de asuntos militares. Siempre es bueno ver las dos caras de la moneda.

—Nuestro ejército está muy mal, a duras penas contamos con hombres de armas entrenados. El resto de nuestras fuerzas está compuesto por levas y milicianos muy mal entrenados, la gran mayoría va por reclutamiento forzado y los índices de deserción en campaña ofensiva con muy altos.

—Sí, en eso concordé junto a Sir Einar, nadie quiere marchar a su muerte. La guerra es un lugar horrible y las personas coherentes harán hasta lo imposible para no ser reclutados. Por lo que he estudiado en libros puedo concluir sin temor a equivocarme lo siguiente: un ejército reclutado a punta de la espada, no durará más de 2 años en campaña.

Guardamos silencio para asimilar esos datos.

—Yo no soy un experto militar, alteza, ¿qué sugiere?

—Tengo dos opciones, éstas no las he hablado con Sir Einar, pues quería saber tu opinión primero. La primera, es crear un nuevo ejército compuesto de puros voluntarios, tropas permanentes y entrenadas cuya profesión sea la guerra. Imagina un cuerpo de hombres de armas permanente para todo el reino, no solo ducados. La segunda opción, por el contrario, implica seguir usando levas, pero darles la motivación de levantarse en armas por sí mismo y entrenamientos regulares para toda la población potencial a reclutar. Para esto, empezaríamos una campaña de nacionalismo radical que inspire a los jóvenes a tomar las armas voluntariamente.

Gonzalo llevó su mano diestra directo al mentón, guardó silencio unos segundos y finalmente me dio su respuesta.

—La segunda opción es la ideal, no tenemos los recursos suficientes para levantar un ejército permanente.

—Comprendo, yo también pensaba lo mismo.

Odiaba admitirlo, pero mi idea principal era levantar a un ejército parecido al romano; es decir, dividirlo en legiones y brindar la oportunidad a cada soldado de ascender de acuerdo a sus méritos y no la posición social.

Sin embargo, para ello requería capital, organización y muchos mesnaderos; elementos que por ahora no teníamos.

—Sugiero que comience a dar una imagen marcial, alteza, los hombres lo seguirán si usted demuestra valor en combate. Solo asegúrese de no tirar su vida en vano.

—No tengo intención de morir, Gonzalo, pero lo tomaré en cuenta. Ya es todo, puedes retirarte.

—Entiendo, lo veo mañana entonces.

Mi profesor salió del cuarto, dejándome solo con los libros y pergaminos arrumbados en la mesa. Me puse de pie y salí abandoné la recamara de estudio, posteriormente avancé directo a mi habitación.

Allí, sujeté el enorme libro: *"Una historia que terminó"* y acabé de leer los últimos párrafos.

"Con la destrucción del Imperio Élfico, la magia fue desapareciendo poco a poco. Nacieron cada vez menos humanos capaces de usarla y eventualmente, las técnicas se perdieron con el paso de los años. No fue algo inmediato, fueron decenas de generaciones a través del tiempo hasta que las historias legendarias se volvieron leyendas y luego mitos.

Todos cubiertos de mentiras, misterios y manipulaciones. Hoy solo quedan estos libros para recordar los ayeres fantásticos, donde la magia y la espada podían brindar éxito a todos los aventureros valientes. Pero quizá las cosas no fueron como aquí lo cuento.

La realidad es frágil y los testimonios cambian conforme pasan las eras.

Ahora, querido lector, te preguntarás si alguna vez volverá la magia a este mundo. La respuesta es no; todo lo que comienza tiene un fin, es el ciclo de la naturaleza.

La era mítica empezó con el amanecer de los elfos y terminó con su ocaso. Ahora es el turno de los humanos, el mundo se ha adaptado a nuestras necesidades y ambiciones. En realidad, nunca comprendimos del todo la magia, por eso no nos afectó demasiado cuando desapareció.

No así a los elfos, que sin ella toda su civilización se vino abajo. Esta historia es también un recordatorio importante: nada es eterno, ni siquiera los grandes imperios.

Esta historia ya terminó, pero la nuestra apenas comienza."

Cerré el libro y luego lo dejé en la mesa.

Me leí toda la historia fantástica de este mundo, a decir verdad, quedé maravillado con los paisajes y personajes retratados. Por algo a Sora le encantaba hablar de la era mítica; un mundo lleno de magia, monstruos y héroes.

Quería saber más, pero solo como pasatiempo, no estaba entre mis prioridades involucrarme mucho con la magia. De que aún existían vestigios minúsculos, estaba seguro, pues yo mismo era la prueba ferviente de ello.

Reencarné como el Rey más pobre del mundo.

Y mi presencia debía tener alguna explicación.

No encontré a ningún otro reencarnado en este libro, tampoco alguna mención fuera de lugar como un objeto extraño de mi mundo anterior.

Dicho de otro modo… Y con temor a equivocarme.

"No hubieron reencarnados en la era mítica"

Parte de mí ya se esperaba esa respuesta, pero tampoco podía darlo por sentado. Quizá nunca sepa la verdad, el supuesto reencarnado podría haber sido un joven preparatoriano japonés, o un Godínez mexicano sin mayores conocimientos.

En fin.

De nada servía romperme la cabeza.

Solo podía esforzarme con las cosas que tenía justo al frente.

Capítulo 14: Duelo de niños, honor de hombres

El año pasó volando.

Entre lecciones, momentos dulces con mi familia y entrenamiento duro, llegamos a la fecha prometida.

Me levanté desde las 8:00 AM, tomé un desayuno básico: 2 salchichas y un huevo, acompañados por una rebanada de pan blanco muy suave. Adoraba esta comida, sobre todo si era preparada por Aura, la nueva líder de las sirvientas.

Alda, Ingrid y mamá comieron conmigo, pero no me dijeron ninguna palabra. La tensión del ambiente era importante; ellas ayudaron a mi oponente para hacer las cosas más justas y en este año, no tuve ni un acercamiento con Ronaldo.

Sus entrenamientos y los míos nunca coincidieron y el contacto con la nueva Guardia Real, Lady Nora, fue mínimo. Apenas la había visto para su ceremonia de nombramiento y en uno que otro encuentro de pasillo, por lo tanto, desconocía si realmente Ronaldo Vaso Negro se convirtió en un luchador decente o no.

—Voy a prepararme para el duelo —comenté, no sin antes limpiar mis labios —. ¿Van a ver la pelea?

—Sí —contestaron las niñas.

—Yo no, tengo cosas por hacer. Pero te deseo suerte, hijo, que tu plan salga a la perfección. — Mamá suspiró resignada, ella quería asistir al evento, pero honestamente... Perder un día valioso de trabajo para ver a dos niños pegarse con armas de madera, no era precisamente muy productivo.

—Gracias, entonces las veré allí.

Me levanté de la mesa y caminé rumbo al campo de entrenamiento. Lugar donde se llevaría a cabo el duelo para restablecer el honor de los Vaso Negro. A ojos de los sirvientes, soldados y cortesanos, lo nuestro era un juego de niños que nadie tomó en serio.

Para Ronaldo y Yuka, sin embargo, era asunto de vida o muerte, tan importante como lo fue el juicio por combate que Gutiérrez lanzó a Sir Marte.

Debido a nuestras edades y para no causarnos heridas permanentes, Lady Nora sugirió que usar brigantinas acolchonadas, recubiertas de pequeñas láminas de acero y yelmos cerrados para no lastimarnos la cara.

No eran la mejor protección contra el fino acero, pero con armas de madera debería ser suficiente.

—Vamos a ponernos la armadura…

Me coloqué todo el equipo reglamentario en una hora; a decir verdad, fue más difícil de lo que me gustaría admitir. Colocarme la brigantina requirió asistencia por parte de un criado leal que se paseaba por allí.

«Pase lo que pase, necesito darlo todo. Ronaldo se ha esforzado mucho y por eso lucharé al máximo de mi habilidad. Una victoria regalada sería insultar todo este año de constante dedicación.«

Una vez cambiado, me dirigí hacia la arena de combate y allí esperé la llegada de mi contrincante.

Yuka, Lady Nora, Ingrid y Alda ya habían ocupado sus lugares en sillas de madera a las orillas del cuadrilátero.

«Ahora que lo pienso, nuestro público está compuesto por puras mujeres. «

La celada de hierro me producía calor, yo era más fanático de los cascos cerrados, pero mis hombros aún no eran lo bastante fuertes para soportar el peso completo de un yelmo de placas.

—Ya estoy aquí. —El retador llegó.

Ronaldo aún lucía robusto, fuera de forma y muy agitado. La brigantina le quedaba pequeña y su rostro lucía chistoso al meterlo dentro de la celada. Aún no habíamos empezado las hostilidades, pero él ya sudaba a cántaros.

Poco después llegó nuestro referí: Sir Marte Hogan, líder de la Guardia Real y maestro de armas personal. No vino acorazado ni armado, en su lugar, decidió usar un gambesón ligero y calzas amarillas, la típica vestimenta de un árbitro.

—Bien, Ronaldo, ¿algo qué decir antes de iniciar?

—No, alteza. —La expresión del niño era un poema, desde miedo hasta determinación, miles de emociones pasaban por su mente y ninguna le ayudaría realmente a derrotarme.

—Sir Marte, diga las reglas, por favor.

—Como usted ordene. —Mi entrenador realizó una educada reverencia antes de continuar —. El joven

Ronaldo ganará el enfrentamiento si logra golpear al Rey Ulric en 5 ocasiones, por el contrario, Ulric ganará el enfrentamiento si él noquea a Ronaldo o yo considero que la batalla terminó. No aceptaré reclamos por parte de la audiencia, si alguien interfiere en favor de uno de los contendientes, entonces dicho competidor será tomado como perdedor. ¿Alguna duda?

—No —respondimos.

—Muy bien, si no hay nada más que decir, entonces tomen sus armas.

—Bien…

Decidí usar una espada larga de madera, era pesada y algo incómoda, pero no muy diferente a las hojas infantiles que utilizaba durante mis prácticas. La elección de Ronaldo, sin embargo, me sorprendió: no escogió una espada, sino un hacha de madera a dos manos.

—Un hacha, ¿eh?

—¿Tiene algo en contra, alteza?

—No, por mí está bien.

—Duelistas, a sus esquinas.

Sir Marte habló fuerte y claro, de inmediato, nos colocamos en las dos puntas más lejanas del terreno. Medía lo mismo que una cancha de volley, bastante espacio para un enfrentamiento cuerpo a cuerpo.

—¡Pueden comenzar!

Avancé poco a poco sin realizar ninguna carga premeditada, había luchado muchísimas veces contra mi hermana durante sparrings controlados. Pero éste era oficialmente mi primer duelo real.

A primera vista, las cosas no lucían fáciles para mí, Ronaldo me llevaba una cabeza de ventaja y su cuerpo era físicamente más grueso que el mío. Sin embargo, en cuanto a técnica, velocidad y resistencia se refería, mi superioridad era abrumadora.

No me gustaba ser arrogante ni presumir, pero honestamente… La diferencia era inexcusable.

—¡Venga! —Lo provoqué y justo como creí, Ronaldo se comió mi ofensiva psicológica.

El niño cargó de lleno con su hacha en manos y sin pensarlo dos veces, empleó un golpe descendente contra mi yelmo.

Directo por la aniquilación, ¿eh?

Interesante.

Esperé unos segundos antes de realizar mi evasión, calculé cada paso suyo para saber cuánta distancia consumía con su brutal avance. Entonces, sucedió…

Di un pequeño paso hacia atrás y como resultado, el hacha golpeó el suelo con un estruendo más ruidoso que potente. A corta distancia no me resultó difícil golpear las muñecas de Ronaldo fuertemente con la hoja de madera.

— ¡AHHHH! —exclamó, mientras soltaba su arma y caía de rodillas por el dolor.

—Muy lento. —Pateé su rostro con la planta de mi pie y de inmediato, volví a sujetar mi espada larga. Atacar a un oponente en el piso no era precisamente lo más honorable del mundo, pero me prometí a mí mismo que no tendría ninguna consideración por Ronaldo—. ¡Defiéndete!

Lo golpeé en 4 ocasiones más, todas ellas en el estómago protegido por la brigantina.

— ¡Aún no!

Ronaldo sujetó su hacha con la mano izquierda y de inmediato tiró un golpe directo a mi tobillo diestro.

De no ser por mis reflejos y arduo entrenamiento, habría recibido un hachazo peligroso, capaz de dejarme lesionado por al menos un mes.

La cabeza de madera pasó refilando a pocos centímetros de distancia, tiempo que mi adversario aprovechó para ponerse de pie y empuñar nuevamente su arma de manera correcta.

Los espectadores continuaron guardando silencio.

Para ellos, este duelo era todo, menos un juego de niños.

—M-Maldición —bufó el gordito.

—Casi me das, pero no.

Volví a tomar la ofensiva, di un paso hacia el frente y de inmediato cargué con una estocada directo a su hombro derecho.

Mi adversario, sin embargo, no lo esquivó, ni siquiera hizo el intento por moverse. Decidió recibir de lleno mi ataque.

Fue allí donde noté su plan.

La hoja de madera picó su hombro y lo empujó unos centímetros hacia atrás, pero Ronaldo resistió, de inmediato colocó su hacha hacia el frente y luego me golpeó con la parte blanda directo en el estómago.

No lo sentí gracias a la brigantina.

De hecho, apenas logró hacerme retroceder.

—U-Uno… —murmuró Ronaldo—. E-En la apuesta nunca dijimos la potencia de los golpes, solo debo tocarte cuatro veces más y la victoria será mía.

—Muy bien, continuemos. —Esto no era diferente a un encuentro de esgrima deportiva.

En mi mundo, los puntos se daban al toque, nunca con la intención de matar.

Así que técnicamente, las palabras de Ronaldo no eran injustas.

—¡AHHHHH! —Ronaldo volvió a cargar de lleno con su enorme hacha (tamaño infantil), una embestida simple sin ninguna estrategia detrás. Quería rellenar la diferencia de habilidades con su poderío físico, una decisión que, si bien no estaba equivocada, no sería de mucha ayuda contra mí.

Me moví hacia la izquierda, luego a la derecha y finalmente en reversa. Sus tres golpes solo besaron el viento.

No conforme con desesperarlo, conecté un nuevo espadazo directo al yelmo abierto. La hoja golpeó justo en la frente y le dejó aturdido durante unos segundos.

—Muy lento, vamos… Puedes hacerlo mejor.

—Claro que puedo, ¡y lo haré!

Ronaldo recobró fuerzas de quién sabe dónde, su mirada mostraba una determinación que hace un año era imposible.

—¡Vamos, Ronaldo! —exclamó Alda—. ¡Has lo que practicamos!

—Alda tiene razón, Ronaldo, concéntrate. —Lady Nora también apoyó a su pupilo.

Mi adversario se mostró motivado por las palabras de aliento y en seguida, cambió su agarre.

Ya no sujetaba el hacha desde abajo, en su lugar, colocó ambas manos en el centro del mango, incrementando así la velocidad y el control, pero sacrificando muchísimo alcance.

«El agarre medio, parece ser que Lady Nora le enseñó una técnica de alto nivel. Jamás pensé que Ronaldo fuese capaz de usarla.«

Sonreí para mostrar mi aprobación.

Una victoria fácil no me agradaba en lo absoluto.

Ronaldo lanzó un hachazo directo al pecho, su velocidad aumentó, pero no así su técnica. No tuve problemas en desplazarme hacia la derecha y contraatacar con un espadazo al hombro zurdo.

O esa era mi intención.

Ronaldo giró su cadera entera con el hacha lista para atacar, como reflejo me hice hacia atrás y perdí mi oportunidad de contraataque.

— ¿Eh? —Aun así, fui golpeado por el hacha.

No fue un golpe fuerte, de hecho, apenas me tocó.

Subestimé la diferencia de estatura entre nosotros y como resultado, Ronaldo acertó su segundo ataque.

— ¡Bien hecho! —exclamó Ingrid —. Aprovecha tu estatura, Ronaldo.

Cierto.

En las artes marciales como taekwondo, karate y kick boxing, la estatura era primordial para el alcance de los movimientos. Los luchadores bajitos tenían mucha desventaja y como la diferencia entre Alda y yo era nula, no tenía experiencia peleando contra oponentes más altos.

Esa incertidumbre de alcance le dio a Ronaldo la oportunidad de tocarme por segunda ocasión.

Maldición, esto debía ser obra de Ingrid.

Solo ella tenía la inteligencia suficiente para dar a conocer ese detalle.

—Y-Ya casi... —Ronaldo comenzó a jadear por culpa del cansancio, luchar en duelo requería muchísima preparación física.

Pese al dolor de sus heridas y el cansancio, Ronaldo volvió a lanzar un impacto directo a mi cráneo. Vi venir la cabeza del hacha en cámara lenta; de hecho, apenas me desplacé unos centímetros para atrás.

— ¡No! —Otro error de mi parte.

Si bien, esquivé su embate, quedé a merced de un segundo movimiento por parte del adversario.

El segundo hachazo fue bloqueado por mi espada, pero al quedar tan cerca, no pude hacerme a un lado cuando Ronaldo me pegó con un cabezazo directo al yelmo.

—T-Tres...

Esta vez sí me dolió.

Retrocedí unos pasos para aclarar mi mente y aliviar mis pensamientos.

Ok, esto ya estuvo bueno...

—Me has pegado tres veces, Ronaldo, te felicito. Pero ahora comienza el verdadero combate. —Sujeté la hoja de mi espada con ambas manos, posteriormente, coloqué la pierna izquierda justo al frente, con la derecha detrás.

Cuando vieron esta postura, todos los espectadores se pusieron de pie. Incluso Ronaldo retrocedió por instinto: había visto esta guardia hace un año, durante el juicio por combate de Sir Marte Hogan contra el Barón Gutiérrez.

"El golpe asesino"

Un estilo de pelea brutal y violento, capaz de penetrar las armaduras más poderosas.

Llegar a estos extremos fue una muestra de respeto hacia su persona. Pues no pensaba utilizar esta técnica.

—C-Continuemos —murmuró Ronaldo, sin imaginarse la enorme paliza que le esperaba…

Capítulo 15: Determinación total

Siempre fui hostil con los abusivos.

En mi otra vida tuve un periodo oscuro donde me la pasaba cazando abusadores todo el tiempo. Muchos me odiaron por eso, tanto víctimas como victimarios, decían incontables veces que no metiera las narices donde no me llamaban.

Era estúpido, un adolescente con sentido de la moral tan distorsionado por culpa de mi padre. Él siempre me motivó para ayudar a las personas, pagó mis primeros años de artes marciales en un gimnasio cercano a casa.

Y, aun así, pese a sentir vergüenza por aquellas memorias olvidadas, una parte mía jamás perdonó a los abusadores.

Por lo tanto, me sentí incómodo cuando el pomo de mi espada golpeó el hombro izquierdo de Ronaldo. Ese no fue un golpe de práctica, iba con toda la intención de romper su hueso.

— ¡AHHHHHHHHHHHHHHHH! —El grito que soltó hizo que Lady Nora se pusiera de pie.

Ronaldo soltó su hacha y cayó de rodillas.

A diferencia de la hoja plana de madera, el pomo redondo y la guarda dura, eran lo bastante gruesos para servir como un martillo temporal. Rápidamente ataqué de nuevo al yelmo del niño, pero éste de milagro se dejó caer al suelo, evadiendo así mi ofensiva.

—No escaparás. —Ya en el piso, decidí darle una patada en la cara que volvió a tumbarlo.

Estuve tentado a montarlo y agarrarlo a golpes, pero mejor me abstuve. No era conveniente iniciar combate de piso contra un adversario más pesado y fuerte físicamente; mi ventaja recaía en la técnica, no en el poderío.

—T-Todavía no. —Ronaldo volvió a pararse con el rostro ensangrentado y los ojos llorosos, el pobre niño realmente odiaba esto. Pude sentir su ira combinada con el miedo desenfrenado y las ganas de salir corriendo.

Debía ser frustrante.

Entrenar como loco durante un año y solo recibir una golpiza.

Sujetó nuevamente su hacha, luego, realizó un corte descendente que iba directo al yelmo. Fue allí donde sonreí con astucia, pues en lugar de esquivar hacia atrás, sujeté la hoja de mi espada desde ambos lados para recibir el impacto justo en el centro.

El rostro de Ronaldo expresó confusión por el repentino bloqueo, cuando quiso entender lo que sucedía ya era demasiado tarde.

—Adiós. —En cuanto la cabeza del hacha se desvió tantito a la derecha, aproveché la poca distancia que nos separaba y también el tipo de agarre que utilizaba en este momento. Lo que sucedió después fue brutal.

El pomo de mi espada impactó de lleno contra el yelmo del pequeño. Pude haberle roto la nariz si hubiese apuntado más abajo, pero en el último segundo le tuve piedad y ataqué al metal.

Aun así, el pequeño cayó de espaldas con un sonoro THUD que dejó a los presentes muy sorprendidos por este abuso.

Ya no podía considerarse un duelo, sino una tunda injusta que debía ser detenida.

—Alteza, es suficiente. Si continua, entonces la vida de Ronaldo podría peligrar. —Lady Nora trató de parar el encuentro, pero Sir Marte Hogan la detuvo con una mirada penetrante.

—El Rey Ulric decidirá eso, Lady Nora, usted solo puede observar.

—Ya ha ganado la pelea, alteza, reconsidere las condiciones del encuentro —insistió la entrenadora del niño.

Alda e Ingrid no dijeron nada.

Se mantuvieron calladas por la severidad del asunto.

—L-Lady Nora… —Muy bien, Ronaldo se ganó mi respeto con esto. Pese a ser golpeado en la cabeza con un arma contundente, retomó su guardia defensiva mientras una hilera de sangre caía desde la frente —. G-Gracias a usted no me sentí como un inútil, todo este año que entrenamos junto a la señorita Alda, Ingrid y mi hermana… No fue tan malo.

Ronaldo volvió a sorprenderme.

En lugar de llorar y maldecir su propia debilidad, dibujó una sonrisa llena de satisfacción.

—R-Ronaldo…—susurré, incrédulo por su determinación.

—Usted es fuerte, alteza. —El niño escupió sangre y de paso, un diente de leche final —. P-Pero no puedo dejarlo ganar, no solo por mi arte, t-también por Lady Nora que creyó en mí cuando nadie más lo hizo. ¡Hermana!

—E-Eh, sí. —Yuka se sorprendió al escuchar el grito de su hermano, nunca lo había visto tan decidido en su vida. Parecía otra persona, alguien sin temor a dar un paso adelante.

Del niño regordete, quejita y negativo ya no quedaba nada.

«A veces, solo necesitamos personas que nos apoyen y crean en nosotros. Ronaldo nunca tuvo a nadie que creyera en él. Creció bajo la sombra de sus hermanos y la indiferencia de su padre. Sin embargo, ahora todos lo están viendo. «

—Mírame bien, ¡mírame!

Ronaldo jadeó por última vez.

Pude sentir toda la intensidad de su semblante.

— ¡Ven, Ronaldo Vaso Negro!

En un intento desesperado por obtener la victoria, Ronaldo lanzó un hachazo frontal directo a mi brigantina. Creí que sería fácil esquivarlo, pero no lo fue, la cabeza del hacha casi me impactó por unos centímetros.

Tomé la hoja entre mis dedos y apunté al casco del pequeño; sin embargo, hubo un detalle que no vigilé hasta que fue demasiado tarde.

— ¡AHHHHHHHH!

Sentí como mi tobillo izquierdo fue golpeado con un ligero punta pie que me provocó una pequeña molestia. Ya no tenía la fuerza para realizar una patada, pero en este punto cualquier tipo de contacto serviría para ganar la apuesta. Con eso, nada más le faltaba un impacto.

Cosa que no permití.

— ¡Se acabó!

Pero mi pomo fue bloqueado.

En el último segundo, Ronaldo soltó su hacha y decidió sujetar mi pomo con sus manos, empezando así un forcejeo a corta distancia donde tenía las de perder.

La diferencia de fuerza y estatura seguía siendo importante, continuar así no me traería nada bueno, así que decidí atacar con un rodillazo a su estómago que le hizo ponerse de rodillas.

Pero...

¡No soltó el pomo!

—Maldición —susurré, mientras forcejeaba.

—UGH.

Gracias a su sobrepeso, Ronaldo logró empujarme hacia atrás y para no quedar a su merced, me vi en la penosa necesidad de soltar mi espada y efectuar una salida de camarón en reversa para no quedar indefenso.

El chico no quiso desaprovechar su oportunidad y de inmediato trató de patearme, sin éxito alguno.

—Me he quedado sin mi arma.

—A-Así es, alteza. —Ronaldo arrojó la espada de madera lejos de nosotros. Una decisión inteligente, pues él no era un espadachín habilidoso y yo me sabía una que otra técnica para desarmar a mi oponente.

Prefería dejarme sin espada, a usarla en mi contra.

—No necesito mi espada para vencerte. —Coloqué una guardia de boxeo natural, pie izquierdo adelante y la derecha detrás, mientras ambas manos yacían a la altura de mi cara.

Los dos cargamos por última vez con toda la fuerza que podían ofrecer nuestros pequeños cuerpos.

Como si de un manga shonen se tratase, ambos nos dimos un puñetazo en la cara justo al mismo tiempo. En mi caso, los nudillos destrozaron el labio del pequeño y en el suyo, apenas rozó mi yelmo, pero de todos modos contó como un impacto.

Dándole así la victoria a Ronaldo.

—¡Lo conseguiste! —gritó Lady Nora—. ¡Lo hiciste!

La entrenadora no pudo evitar correr hacia su pupilo y abrazarlo fuertemente, Sir Marte miró la escena con una sonrisa llena de satisfacción.

—L-Lady Nora, me aplastas... —murmuró el chico, mientras los delgados brazos de la mujer pegaban su cabeza directo al pecho.

O-Ok, yo también quería que una linda chica pegara mi cabeza sobre su pecho.

— ¡Sabía que podías hacerlo!, ¡lo sabía! —Ya sea por la emoción del momento, el orgullo hacia su estudiante o simplemente, su personalidad, la mujer guerrera soltó unas lágrimas emocionales que mojaron tantito las mejillas heridas de Ronaldo —. Nunca dudé de ti ni un minuto.

—Acepto la derrota, muy bien, Ronaldo, demostraste que tienes la determinación para luchar por tus sueños. —Me sobé un poco las heridas que me hizo, no eran la gran cosa, pero después de ver como mimaban al pequeño Ronaldo, yo también quería algo de cariño.

—Fue una demostración valerosa, bien hecho, Ronaldo. —Yuka también caminó hacia su hermano y sin tanta emotividad, le dio unas palmaditas en la cabeza. Ella en verdad lucía aliviada, pues ver a su hermano apaleado no debía ser agradable —. N-No eres un cobarde, no volveré a llamarte así.

Alda e Ingrid bajaron también a la arena de batalla.

—Vaya, sabía que todo nuestro entrenamiento daría frutos —presumió Alda.

—Felicitaciones. —Ingrid igual sonrió con dulzura, luego, la niña de cabellos blancos sacó un pañuelo blanco de su bolsillo y se dirigió hacia mí —. A ver, Ulric, tienes un poco de sangre en tu frente, quítate el yelmo para que la limpie.

—A-Ah, claro...

Sin reclamar ni molestarme, retiré mi yelmo para que la jovencita pudiese limpiarme las heridas. No tardó más de 3 minutos en dejar mi rostro como nuevo. No así el pobre Ronaldo, cuya cara necesitaba tratamiento urgente luego de las heridas que recibió.

—L-Lo conseguí.

—Así es, Ronaldo, como te lo he prometido, tendrás un maestro de arte para que demuestres a todos los Vaso Negro que también pueden ser artistas.

—A-Alteza, gracias... T-Tengo una petición aparte, ¿podría escucharla?

—Puedes hablar.

—Muchas gracias por darme esta oportunidad, usted tenía razón... Yo era un fracasado, tenía miedo de tantas cosas que no me di la oportunidad de luchar por mis propias ambiciones. Por eso pedí salir de casa. De nuevo, gracias. —Ronaldo se puso de rodillas y pese a sus heridas y el dolor, realizó una postración perfecta; luego, se paró con ayuda de Lady Nora —. Quisiera que mandara al tutor a mi casa, en el Ducado de Florinda; voy a regresar allí para enfrentar a mi padre. Quiero demostrarle que mi determinación de ser artista es real y si es necesario, tomaré el camino de las armas como una segunda carrera.

Yuka abrió los ojos en par, su expresión lo decía todo: incredulidad.

El pequeño, llorón y malcriado Ronaldo por fin daba un paso serio hacia el futuro.

Todo gracias a la tremenda tunda que le pegué.

—Muy bien, yo he probado tu determinación en carne propia y lo apruebo. Demuestra que los Vaso Negro pueden convertirse en artistas.

—Es una decisión valiente, Ronaldo, como tu profesora yo la apoyo. —Lady Nora sonrió y luego inclinó su cabeza frente a mí —. Gracias por brindarme esta oportunidad a mí también, alteza, enseñar el arte del combate es un paso fundamental hacia la verdadera maestría marcial.

—Lo has hecho bien, entonces serás reasignada a la Guardia Real. Sir Marte Hogan te dará tus nuevas órdenes.

—Como usted ordene, alteza. —Lady Nora se acercó al pequeño y nuevamente, volvió a sonreírle —. ¿Te ayudo a llegar a la enfermería?, necesitamos tratar tu nariz.

—E-Eh, sí, gracias…

Aw, que tierno.

Parece ser que Lady Nora se había convertido en su primer amor. Al igual que Sora fue el mío.

—Si eso quieres, hermano, está bien, mucha suerte. Yo me quedaré en la capital, aún tengo cosas por aprender de los cortesanos. —Yuka suspiró en voz alta; no parecía muy animada, pero tampoco emitía la misma hostilidad de hace un año.

—Gracias, hermana, iré a curarme, hablaremos más tarde.

Ronaldo y Lady Nora se retiraron con mi permiso, Yuka, por otro lado, inclinó su semblante hacia nosotros.

—Señorita Alda, prometida Ingrid... —La niña de grises cabellos y mirada pedante por fin inclinó su semblante con educación, tampoco puso muecas feas —. Lo lamento, subestimé sus capacidades y me demostraron que sus orígenes son irrelevantes al momento de hacer las cosas. Ayudaron a mi hermano durante este año y por eso, les estoy realmente agradecida.

—Acepto tus disculpas, Yuka, espero que podamos seguir trabajando juntas para el bien del reino. — Ingrid inclinó su cabeza con suma educación, el tiempo con mamá la estaba convirtiendo en una cortesana de muy alto nivel. Su cabello blanco pasó de ser una desventaja, a parte de su encanto.

Mamá solía decir que convertir los defectos en fortalezas era sinónimo de madurez y genialidad. Esta Ingrid no se parecía en nada a la niña débil que conocí hace casi 2 años.

Poco a poco, estaba moldeando su personalidad para lograr grandes cosas.

—No ha sido nada, ¡espero que nos llevemos mejor! —Alda, más informal e inocente, le regaló una sonrisa a la chica noble, cuyo semblante se fue volviendo más pasivo conforme pasaban los segundos.

—Y usted, alteza, en verdad es una persona interesante. No pensé que mi hermano pudiese dejar su cobardía detrás, pero todo este plan tuyo funcionó a la perfección. —Yuka se arrodilló ante mí, gesto que también hizo feliz a Sir Marte —. Pero lo reconozco, usted es un gran monarca y estoy segura de que trabajaremos juntos por el bien de este reino. Me educaré con la reina regente para mejorar mis habilidades políticas.

—Y yo estaré contento de contar contigo, Yuka.

Fue así como mi desafío concluyó.

Logré mejorar un poco mis habilidades como líder y ahora solo faltaba informar a mamá de los resultados.

Capítulo 16: Una charla respecto al liderazgo.

Esa noche, mamá y yo nos quedamos solos en el comedor a petición mía. Ingrid y Alda se retiraron cuando terminaron sus alimentos, pues sabían que tendría una reunión en solitario con mi progenitora.

—Ya te contaron los detalles de lo que sucedió, ¿cierto?

—Sí, hijo mío, Lady Nora me informó los detalles del encuentro. Pero no venimos a discutir lo que ya sé, ¿cierto?

—Así es, mamá, quiero decirte mis conclusiones respecto al liderazgo y también el tipo de líder que quiero ser. Sin embargo, antes quiero que me respondas algo… ¿Qué tipo de liderazgo usaste tú?, me doy una idea, así que ya no temas en confesarlo.

Mamá sonrió con cierto pesar, posteriormente suspiró en voz alta y luego acarició mis cabellos.

—Soy una mujer viuda, Ulric, lo que yo hice fue apelar al sentido de protección de los otros nobles y, sobre todo, buscar que sintieran lástima por mí. —Las palabras de Girasol no sonaban felices, al contrario, había cierta vergüenza en ellas —. Pero no tenía mayor alternativa, mi poder se debilitaba y si intentaba usar la fuerza, nadie me tomaría en serio.

—Pero yo siempre te veo digna y solemne, mamá.

—Eso es porque no me viste cuando recién falleció tu papá, aún eras muy joven para recordarlo, pero en ese entonces yo apelé a técnicas nada correctas de manipulación emocional. Para mi fortuna, la gran mayoría de nobles poderosos eran hombres en ese momento y a los hombres les encanta sentirse superiores. Para ellos, el proteger a una mujer hermosa como yo era un golpe de ego tremendo que los hacía sentirse como héroes. Solo ponte en sus zapatos: una damisela en apuros pide ayuda de galantes caballeros, ¿quién en su sano juicio rechazaría una oportunidad de una dama tan influyente?

—Tiene sentido, incluso yo me ofrecería para protegerte. Los hombres somos criaturas egocéntricas. —Mi comentario le sacó una sonrisa a mamá, decir semejantes palabras con un rostro infantil como el mío seguro debió ser curioso.

—Abusé de su buena voluntad, por eso cuando mis opositores intentaron removerme, fui apoyada por muchos nobles poderosos. Como dato curioso, hijo, fue la duquesa Sabrina quien más objeciones tuvo con mantenerme a mí como reina regente. No se puede apelar a la misericordia de una mujer si tú misma lo eres también, esa lección se la enseñé a Ingrid y Yuka.

—L-Las mujeres son aterradores —susurré, mientras recordaba las expresiones frías de Yuka durante mis primeros tratos con ella.

—Así es, por eso es importante que tengas a una buena mujer a tu lado. Ya me estoy encargando yo de eso, no te preocupes. —Mamá me guiñó el ojo de manera extraña, chale, me imaginaba a lo que se refería, pero mejor lo dejé pasar —. En todo caso, Ulric, usar mi táctica no funcionará contigo, porque nuestros objetivos son diferentes. Yo buscaba estabilizar el poder y guardarlo para ti, tus objetivos serán otros, ¿cierto?

—Sí... La independencia.

Dije lo que tanto deseaba decir, a fin de cuentas, todo este entrenamiento y preparación tenían la intención de liberar a mi pueblo de este maldito yugo.

—Así es, por el momento he mantenido vigilados a los duques y también tomado medidas para evitar saqueos. No podemos permitirnos otra visita de Vlad II, ya vimos lo que sucedió la última vez.

El recuerdo amargo vino a mi mente de nuevo, jamás olvidaré ese fatídico día donde la vida de Sora fue silenciada eternamente. Mi resentimiento hacia Manius y Vlad no desaparecerá jamás.

—Lo cierto es que la gente odia al Reino de Apolo tanto como nosotros.

—Así es, hijo, pero como habrás notado en tus clases con Sir Einar, mantener un ejército no es tarea fácil. Necesitas dominar muchos números y entrenarlos de manera eficiente. Nuestros soldados son campesinos, artesanos y comerciantes, no guerreros. —Girasol me recordó la triste situación que vivíamos, si bien, cada aldea y ciudad contaba con servicio militar obligatorio, su nivel apenas servía para mantener el orden público.

No tenían problemas con rufianes, matones y borrachos, pero combatir contra mercenarios o soldados profesionales estaba muy fuera de cuestión. Ni hablar de la caballería pesada de Apolo.

—Nosotros también tenemos caballeros, si usamos correctamente nuestra caballería pesada tal vez tengamos una oportunidad.

—Tal vez tengas razón, ¿pero arriesgarás miles de vidas solo para probar tu teoría? —Su pregunta me dejó callado.

En efecto.

No era lo mismo soltar cálculos fundamentados en la teoría, a realmente poner miles de hombres dentro del campo de batalla y aplicar mis conocimientos sin margen de error.

—Ya pensaré en algo, lo prometo.

—Bien, volvamos al tema del liderazgo. Dime las conclusiones a las que llegaste luego de este ejercicio tan difícil. —Girasol me dio unas caricias en la cabeza y yo, como buen hijo, me dejé mimar.

—Aprendí justo lo que dijiste: que no siempre podía ser amable con la gente. Algunas soluciones requieren temple y mano dura para llevarse a cabo. Al final todo salió bien, gracias al duelo, Ronaldo fue capaz de mejorar como persona y de superar sus miedos e inseguridades. El método no me pareció correcto, pero fue eficiente y probablemente, no habría podido hacerlo de otro modo.

Hice una pausa para tomar aire, mamá volvió a darme caricias y de nuevo, sonrió.

—Continúa.

—Pero no logré esto solo, Alda le ayudó a entrenar, Ingrid y Yuka pasaron consejos teóricos a Ronaldo; además, Lady Nora sirvió como soporte moral para subir la autoestima del muchacho. Fue un esfuerzo en conjunto y estoy agradecido con todos ellos por su apoyo. —Tras decir mi conclusión, Girasol se puso de pie y me rodeó entre sus brazos.

Ah... Como amaba sus apretones. Tener una madre amorosa era lo mejor del mundo.

—Eso es, ¡lo tienes!, has descubierto la clave del liderazgo, querido hijo. —Mi madre separó su cuerpo del mío y luego retomó su lugar en la silla —. Un líder no es aquel que ordena, sino el que recibe ayuda con solo pedirla. Piénsalo de este modo, ¿qué pasaría si ninguno de los Duques decide ayudarte?, o si nadie acude a tu llamado para una conferencia.

—Mi legitimidad estaría en juego...

—Correcto, hijo mío. Hacer que la gente decida seguirte por voluntad propia y sin tener que ordenarlo, es lo que diferencia a los líderes de los dictadores. Mientras la gente quiera apoyarte desde lo más profundo de su corazón, entonces podrás considerarte un líder digno de su confianza.

Sus palabras fueron nuevas para mí, casi una revelación divina.

Cierto...

Alda e Ingrid me ayudaron porque yo se los pedí, no preguntaron motivos ni razones, entendieron que mis intenciones eran buenas y pese a sentirse algo incómodas con esta encomienda, confiaron en mí.

Y no solo ellas...

Sir Marte Hogan, Lady Nora, Gonzalo, Sir Einar.

Mi corte, los soldados de la guardia, Aura y las sirvientas.

Desde nobles cortesanos, hasta caballerizos del establo.

—Comprendo, debo hacer que las personas me sigan porque confían en mí. No solo en mis habilidades, sino en la persona que deseo convertirme. Ahora todo es más claro... Gracias, mamá.

—Aún queda mucho trabajo por hacer, ¡no hay que dormirnos en los laureles!

—Y justo de ese trabajo quería hablar también.

—Te escucho. —Girasol ablandó su sonrisa y me dio la palabra para continuar el discurso.

—Tengo una idea para que los duques me respeten o al menos, tomen en serio antes de mi coronación. Es algo que he pensado a detenimiento con Sir Marte e Ingrid. —Hice una pausa para tomar aire y luego mostré una sonrisa desafiante que pocas veces se me veía—. Pienso celebrar mi cumpleaños 16 con un gran torneo, donde todos los Duques acudan para la ceremonia oficial. Por ley, estarán obligados a venir.

—¿Y luego?

—Pienso entrar al torneo de combate libre como un guerrero anónimo, sin haber sido nombrado caballero. Una vez allí, haré una gran demostración y revelaré mi rostro frente a todos para conseguir la gloria. No lucharé en las justas, porque solamente caballeros del más alto honor pueden competir en un evento real (auspiciado por la corona) y mi nombramiento de caballero debía ser público, no privado.

Mamá se quedó meditando mis palabras durante unos instantes, no lucía muy convencida, pero tampoco hizo una mueca que denotara desagrado. Simplemente analizó mi plan y luego de unos segundos tomó la palabra.

— ¿Cómo piensas llevar a los nobles al torneo?, la competencia de combate libre suele ser un aperitivo para las justas, el evento principal. A lo mucho, irán señores a ver los enfrentamientos para seleccionar hombres de armas y caballeros errantes, dudo que un Conde, Barón o Duque forme parte de un espectáculo destinado al campesinado.

Girasol no estaba equivocada.

La alta sociedad no solía asistir a ese tipo de competencias violentas e incivilizadas.

Sin embargo, tomé las medidas necesarias para eso.

—Haré que Sir Einar y Sir Marte Hogan participen en el torneo. —Esto último hizo que mamá soltara una risita burlona; no había mala intención en ella, pues la simple idea de enfrentarme a los dos guerreros más poderosos del reino sonaba a locura.

— ¿En serio?, creo que sobreestimas tus capacidades. Si bien, faltan cinco años y medio para ese torneo, en ese tiempo no superarás a ninguno de los dos. Te amo, hijo y por eso no quiero que tus ilusiones se rompan.

— ¿Y quién habló de ganar? —volví a sonreír —. He visto la fuerza de Sir Marte en persona, Sir Einar no se queda atrás. Los dos son luchadores formidables cuya reputación de invencibles puede jugar a mi favor. Si logro luchar contra ellos en igualdad de condiciones, aunque sea un momento, entonces los nobles reconocerán mi fuerza.

En efecto.

No necesitaba vencerlos, aquello era una hazaña imposible.

Los dos habían luchado en batallas reales y cortejado a la muerte en más de una ocasión.

Incluso con entrenamiento exhaustivo en artes marciales, mis posibilidades reales eran casi inexistentes. Por no decir nulas.

—Bien, supongamos que tener a las dos mejores espadas del reino atraiga la atención de los nobles, ¿cómo harás que te vean luchar antes de esa fase?, tal vez ni siquiera estén presentes para las preliminares y cuando miren tu duelo, te tomen por un errante más del montón que tuvo un golpe de suerte.

—Allí está la magia, mamá. —Entré en modo mente de tiburón; por primera vez agradecí ver esos malditos programas de emprendimiento en mi vida pasada —. En estos cinco años abriré una taberna cuya especialidad serán las hamburguesas, empezaré distribuyéndolas entre los plebeyos, pero luego crearé una exclusiva para los nobles. Más cara, deliciosa y con mejores ingredientes; pero con la misma receta de preparación.

—E-Eh, ¿en serio basas tu plan en eso?, sí que te gustan las hamburguesas —susurró mamá, con una gotita estilo anime resbalando sobre su cabeza (simbólicamente).

Confiaba en el poder de las hamburguesas, de no haberme convertido en político quizá habría trabajado como publicista para una gran cadena de comida rápida.

En fin, continué con la explicación.

—Mi plan es reducir la distancia entre nobles y plebeyos, demostrarles que ambos pueden amar las mismas cosas sin vergüenza. Pronto estaremos en guerra, si las clases sociales no aprenden a tolerarse mutuamente, entonces mis generales tendrán un severo dolor de cabeza. Al servir dos tipos de hamburguesas, completamente gratis, la audiencia querrá ver el espectáculo para seguir comiendo. No subestimes la tacañería de los humanos. —Eso último lo dije imitando a un presentador de TV que veía en mi otra infancia: mano izquierda en el mentón y la derecha justo sobre la cintura. Me veía muy estúpido.

No obstante, mamá suspiró resignada y al final, volvió a sonreír.

—Suena como una locura, pero contigo cerca ya no sé que esperar. En todo caso, hijo mío, demos lo mejor de nosotros para que la muerte de Sora no haya sido en vano. Liberaremos a nuestro pueblo sin ahogarnos con la venganza…

Tras esa última frase, ambos nos despedimos y me dirigí a mi habitación.

En el camino, recordé el asqueroso rostro de Manius. Aún tenía pesadillas con ese gordo miserable que mató a Sora, deseaba matarlo en persona, degollarlo hasta dejar sus carnes al rojo vivo y luego arrojarlas a los perros. Mi odio por él no desaparecerá jamás.

Aun así…

No podía dejar que estos sentimientos se apoderasen de mí. Le prometí a mamá que sería un gran rey, no un vengador.

Pues era perfectamente consciente de cómo terminaban los vengadores: Con todos sus seres amados muertos.

Aquello era una verdad innegable.

La venganza te sumía en una espiral de muerte y tragedia infinita.

Vlad II, por otro lado, era mi enemigo jurado, estaba realmente dispuesto a colocar su cabeza en una pica, no como venganza (aunque ganas no me faltaban), sino para demostrar a mis enemigos la fuerza del Reino de Etrica.

Bah, de todos modos, faltaba muchísimo para eso, en este momento mis tropas no eran rivales para los mercenarios que contrataban como primera línea de ataque y ni hablar de la infantería local.

Mis levas eran campesinos con adiestramiento básico, no soldados reales.

Mandarlos ahorita mismo, en contra de las fuerzas enemigas no sería diferente a un asesinato.

— ¿Ulric? —De repente, mis pensamientos oscuros desaparecieron ante una voz conocida.

— ¿Qué pasa, Ingrid? —La niña de blancos cabellos me llamó a mitad del pasillo, traía consigo el típico vestido negro que ya nunca se quitaba. Todas sus prendas eran oscuras, pues quería resaltar la melena blanca que tanto le criticaron cuando recién llegó.

—E-Es que lucías con una cara de miedo, ¿está todo bien?

—Sí, todo está bien, Ingrid, gracias por preguntar. — Suspiré para no preocuparla, pero la niña dio un paso al frente y negó con la cabeza.

—Algo te molesta, ¿cierto?, ¿me lo puedes decir?, G-Girasol me dijo que debo apoyarte.

—Cierto, es deber de los cortesanos brindar ayuda al rey, supongo que mamá te está educando bien. Pues solo pensaba en Vlad y su hermano, mamá me dijo que no me ensañara con la venganza, pero es difícil olvidar todo el daño que nos hicieron.

—O-Oh, es cierto, no creo que vayas a perdonarlos nunca, ni siquiera yo podría. —La pequeña inclinó su semblante con tristeza, segundos después, Ingrid me miró a los ojos —. Pero en serio, Girasol tiene razón, Ulric, eres una gran persona y si te dejas llevar por el odio, entonces harás esa cara de miedo a cada momento. M-Me agradas mucho, eres mi mejor amigo y aunque estemos comprometidos, tú nunca me has hecho daño ni obligado a nada. N-No me gustaría que cambiaras para mal, Ulric. —Las palabras confusas de Ingrid me hicieron feliz.

Ah, lo había olvidado.

Ella llegó aquí llena de timidez e insegura de abrir la boca.

Y ahora estaba justo frente a mí, expresando sus preciados sentimientos para darme a entender la misma lección que mamá me dijo: No busques venganza.

—Es cierto, Ingrid, gracias por recordarme lo que realmente debo hacer. —Le di unas palmaditas en la cabeza como si fuese mi hermana menor; ella se dejó mimar y después me regaló una linda sonrisa llena de inocencia.

—Claro, Ulric, para eso están los amigos. Si alguna vez tienes problemas, no dudes en acudir conmigo. Ya verás que todos juntos sacaremos adelante al Reino de Etrica.

—Así será, Ingrid, buenas noches.

De nuevo, las palabras de una persona preciada para mí detuvieron mis malos pensamientos.

«Quizá mamá tenga razón, tal vez la salvación al Reino de Etrica no se encuentra en el odio, sino en los lazos que formamos con la gente preciada.»

Con ese pensamiento en mente, me fui a dormir.

Capítulo 17: Tiempo

Interludio: Los años que pasaron

La situación política en el Reino de Etrica parecía no moverse mucho.

Todos los duques defendían el orden público de manera correcta y los nobles menores mantuvieron sus disputas debajo de la mesa. El escenario de calma, sin embargo, era una cortina de humo para los planes que Girasol estaba creando desde las sombras.

Ella no olvidó nunca lo que Vlad le hizo a su familia y amigos.

¿Cómo olvidarlo?

Si bien, ella no se guiaba por la venganza, sí quería liberar a su pueblo para que no sufriesen el mismo destino que Sora.

Para ello, contactó a la policía secreta que tanto odiaba. Una organización oscura, llena de espías, agentes y asesinos personales. Girasol pensó en contarles de ellos a Ulric cuando fuese mayor, pues no quería llenarle su corazón de oscuridad a temprana edad. (Aun si éste ya sospechaba su existencia)

Entre las actividades de estos misteriosos encapuchados, se encontraba el registro de información durante las calles. Solían disfrazarse de artesanos, méndigos, ladronzuelos, cobradores e incluso prostitutas.

Contrario a la creencia popular, casi no usaban uniformes. La única excepción, sin embargo, eran los asesinos que siempre portaban una armadura de cuero y capucha completa.

Girasol no mató a nadie para evitar levantar sospechas, mantuvo la información siempre de su lado y debido a ello, se enteró de algo realmente preocupante: La Duquesa Sabrina había comprometido a su hijo mayor, un niño de 13 años, con la segunda hija de un noble Apólense.

Aquello significó una luz roja muy fea.

Pues básicamente había unido su casa con la nobleza enemiga.

Desde tiempos remotos, el ducado de Macedón había tenido roces con la corona. Fueron ellos los que lideraron el golpe de estado que acabó con la destitución del Rey de la Nieve Muerta, el máximo tirano que se ha sentado en el trono de Etrica.

Con la conquista de Apolo, el ducado abrió sus puertas al comercio y entabló buenas relaciones con Vlad y su familia. Éste no era estúpido, en lugar de saquearlos y vandalizar sus carretas, como hacía con el ducado de Draco, a los macedones les daban regalos, gestos de buena voluntad e invitaba constantemente a los bailes.

Esta diferencia de trato se hizo más evidente durante la regencia de Girasol.

Por otro lado, Steven Vaso Negro se llenó de entusiasmo con el regreso de su último hijo barón. Ya no era el mocoso llorón que tanto detestaba, sino un niño valiente que si bien, no tenía talento para las armas, lo compensaba con una disciplina total y dedicación.

Como nota extra, Steven aprobó los deseos de su hijo de convertirse en artista, solo si cumplía sus obligaciones de noble y de paso, le exigió ser el mejor pintor de todos.

"Un Vaso Negro nunca toma nada a la ligera"

Era la frase del Duque y al mismo tiempo, el lema de toda su casa.

Del ducado de Chiapa apenas se tenían noticias; su geografía era complicada debido a las extensas selvas que parecían no terminar nunca. Sus habitantes, a diferencia del resto, no usaban armaduras de acero, sino telas resistentes al calor y la humedad.

El Duque Nepomuceno era una figura extraña, incluso entre los nobles. Nunca usaba prendas superiores e iba a las reuniones formales con el torso desnudo y un enorme arco largo colgando en su espalda.

Por otro lado, en las grandes praderas llenas de arbustos, ciervos y asaltantes, la Duquesa Violeta sufría una oleada de inseguridad sin precedentes. Se vio forzada a usar caballeros para controlar el orden público, pues el Puño Gris aún operaba con fuerza por esa zona.

El terreno tampoco ayudaba, como todo era plano, sin árboles ni arbustos que dificultaran el paso de los jinetes, varios renegados se agrupaban en grandes números para atacar a los comerciantes y viajeros que llevaban bienes al ducado.

En un principio, los mercaderes formaron caravanas más grandes y contrataron algunos mercenarios; no obstante, el acoso y ataque de los maleantes llegó a un punto donde fue necesaria la participación de los caballeros en las batallas.

La duquesa mandó a su hijo mayor, Sir Lucius, a una campaña total para limpiar los caminos. Junto a 200 jinetes, patrullaban constantemente los senderos aledaños al ducado y no tenían la intención de ser derrotados por un montón de asaltantes.

Finalmente, el ducado más golpeado por la dominación enemiga era Draco, cuyos poblados recibían constantes saqueos por parte de nobles rampantes que actuaban impunemente sobre la frontea de Etrica.

El Duque Sigfrido, un hombre joven de apenas 22 años, solo podía mirar lleno de frustración como sus aldeanos llegaban rogándole por justicia. Ver a campesinos enojados porque secuestraban a sus hijas y ya no las regresaban era lo que más le molestaba, si por él fuese, ya habría juntado a sus levas para formar un cerco defensivo.

Desgraciadamente, si se defendía, entonces el Rey Vlad II podría tomar eso como un signo de rebelión y usar eso como un casus belli totalmente valido para una nueva invasión.

Sigfrido, sin embargo, no era un tonto de sangre caliente. Estaba plenamente consciente de la enorme diferencia que existía entre sus tropas y las de Apolo; por eso guardaba su resentimiento en lo más profundo de su corazón y aguardó el momento perfecto para vengarse.

Un día, Sigfrido recibió una carta por parte del Rey Ulric. Para ese momento, el monarca tenía ya 14 años; solo le faltaban dos más para tomar el poder.

La nota decía lo siguiente: *"Veo que tienes problemas con saqueadores extranjeros. Te daré dos consejos, el primero, ve preparando torneos de arquería para los más pobres, si no tienes dinero para los premios yo mismo te los daré. Disfraza todo en ferias locales, dales cerveza a los espías, emborracha a todo aquel que consideres una amenaza para nuestros planes.*

Comienza con dos monedas de plata por ganador, que los concursos sean mensuales. Motiva a los niños y adolescentes para que usen los arcos y tallen nuevos por su cuenta. Crea eventos temáticos, cacerías de conejos y todo lo que les ayude a disparar mejor.

¿A todos nos gustan las fiestas, cierto?

Esto no es ningún entrenamiento militar, obviamente…

¿Me entiendes?

No es un entrenamiento.

Es solo diversión.

¿Lo captas?

Respecto a lo segundo; supongamos que los asaltantes llegan a caballo. Nuestra frontera no tiene bosques, es solo una enorme llanura con uno que otro árbol en un sendero directo.

Sería muy interesante si tus agricultores comenzaran a "recibir" informes de topos que dañan la cosecha y la mejor manera de eliminar los topos, es abriendo el suelo para atraparlos. Son una peste que debe ser eliminada, ¿me entiendes?

Supongo que sí, imagino que los agricultores de Draco están fastidiados de ser robados por topos.

Para atraparlos, necesitas cavar profundo para hacerlos correr. Realiza estos agujeros alrededor de tus dominios, aunque eso dificulte el paso rápido de los caballos. Es un sacrificio que vale la pena.

Pronto será mi coronación y haré un gran torneo semanas antes del evento. Espero su presencia para que sigamos discutiendo cómo lidiar con topos.

Atentamente.

Ulric León (sin títulos oficiales todavía)"

El Duque Sigfrido sonrió y de inmediato llamó a su castellano.

—¿Me necesita, señor?

—Sí, anuncia a todos los plebeyos que haremos un torneo de arquería. El ganador se lleva dos platas completas y un platillo gratuito en la taberna local. Yo financiaré estas competencias.

—Como ordene. —Al noble le pareció una idea extraña, pero la cumplió sin rechistar como buen hidalgo.

Tras ver a su sirviente retirándose, Sigfrido hizo bolita la carta y terminó por lanzarla a la chimenea llameante.

Se venían cosas interesantes para el Reino de Etrica…

Mientras tanto.

El Rey Vlad II decidió pasar la tarde junto al Duque Manius.

El ocupado soberano de Apolo tomó un sorbo de vino mientras reflexionaba la situación actual de su creciente reino. Manius lo acompañó con cierta preocupación sobre su rostro.

Los hermanos recibieron un informe de sus agentes especiales en la frontera sur con el Reino de Etrica y al mismo tiempo, movimientos preocupantes por parte del Kaiser Marco, monarca del Reich Demoniaco.

—Dicen los informantes que los demonios han estado construyendo fortalezas en sus fronteras —comentó Manius, luego de tomarse una copa entera con un sorbo profundo —. Parece que no van a someterse de manera pacífica.

—Ya lo sabía, esos desgraciados no han querido inclinar la rodilla. —Vlad llevó su mano diestra directo al mentón, posteriormente cerró los ojos y analizó sus opciones —. Necesitamos cortar toda la información al respecto, los etricianos no deben enterarse de esta tensión o podrían buscar una alianza con el Reich.

—Justo del Reino de Etrica quiero hablar, hermano, me comentaron que los aldeanos están cada vez más saludables. Ya casi no había niños famélicos cuando mis hombres pasaron por allí, deberían estar en la ruina, pero siguen mejorando su calidad de vida por más oro y granos que les quitamos. ¿Estarán escondiendo algo?

—No lo creo, Manius, ya nos habríamos enterado. Tal vez debamos ir con Girasol una vez más para romperla... O eso me gustaría decir, pero yo no puedo abandonar la capital por el momento, esos desgraciados demonios van a conocer mi ira muy pronto.

—De todos modos, el Reino de Etrica no es ninguna amenaza para nosotros. Al mocoso de Ulric aún le faltan dos años para tomar el poder y aunque lo haga, deberá ganarse el apoyo de los duques. —Manius consideraba al niño rey como una molestia nada más, luego de ir, violar a su madre, matar a la preciada sirvienta del muchacho y joderle las alianzas con su hija bastarda, creyó tenerlo controlado.

Vlad, sin embargo, no respondió a sus palabras y en su lugar, levantó su mano diestra.

—Eva, ven aquí. —De inmediato, la puerta de la recamara privada se abrió y poco después entró la chica flaca de cabellos cortos. Traía un vestido azul sencillo, zapatillas cafés y una diadema roja sobre su cabeza.

—¿Me llamó, señor?

—Sí, ¿podrías entregar esta carta a mis escribas para que la reproduzcan y envíen a los nobles más poderosos?

—Como usted ordene. —La chica recibió el importante papel del soberano y de inmediato corrió hacia los intelectuales para reproducir las palabras de su rey.

—Así que vamos a conquistar primero al Kaiser, ¿eh? —Manius relamió sus labios, muy emocionado por la promesa del combate. Si algo tenían los demonios era una cultura marcial muy arraigada por sus ancestros salvajes de la era mítica.

Ahora, sin embargo, no eran diferentes a los humanos en cuanto a comportamiento. La única diferencia notable, eran las orejas de gato que algunos tenían, otros contaban con colas como los canes y una minoría, aún tenían cuernos sobre la cabeza.

Otra pequeña diferencia entre la humanidad y los demonios era el color de pelo; la gran mayoría de estos seres tenía el pelo azul, violeta o rosado.

Y obviamente, podían reproducirse con humanos.

—Cuando conquistemos al Reich y nos apoderemos de sus recursos, inventaré un casus belli para volver a saquear a Etrica. Después de todo, si los dejamos crecer pueden volverse una piedra en el zapato a mis ambiciones. —Vlad se puso de pie y dejó a su hermano solo en el cuarto —. Debo resolver unas cosas, alista a las tropas, porque marcharemos el mes siguiente.

—Claro que sí, hermano... ¡El Kaiser Marco morirá!

Una vez lejos de la habitación, Vlad II se dirigió a la sala donde los escribas yacían reproduciendo sus instrucciones.

—Eva —volvió a llamar a la chica que esperaba a los ocupados copistas para cumplir sus órdenes —. Ven aquí.

— ¿Sí, alteza?, ¿qué sucede?

— ¿Qué piensas del Rey Ulric? —cuestionó Vlad II, en voz baja y preocupado por el reciente progreso de Etrica en cuanto a calidad de vida.

—Hay algo raro en él, ya se lo había comentado hace cuatro años. No puedo explicarlo bien, pero definitivamente no es una persona normal. Es como si tuviese una personalidad fuera de contexto.

— ¿Fuera de contexto? —Vlad seguía sin entender a su leal sirvienta; en lugar de golpearla, como haría con cualquier otra mujer incapaz de responderle, decidió hacer el esfuerzo por razonar.

—Sí... Como si fuese un elemento externo al mundo, alguien que vino de un lugar muy, muy lejano.

—Lo admito, me preocupa lo que puede suceder con ese niñato dentro de unos años. Así que te encargaré una misión especial: Vigila los movimientos del Rey Ulric y si notas algo extraño, avísame cuanto antes.

Lo que menos necesitamos ahora es una guerra en dos frentes, ¿me entendiste?

—A la orden. —Eva sonrió con malicia, ciertamente esperaba el momento para sugerir acciones hostiles contra el Reino de Etrica. Para su buena fortuna, llegó antes de lo esperado.

—Bien, reparte mis cartas y ya sabes el resto.

Vlad II se retiró del lugar, dejando a la chica muy contenta por sus nuevas órdenes.

Los años pasaron y el momento poco a poco se acercaba. El mundo estaba por entrar a un nuevo periodo de caos y turbulencias.

Interludio fuera

Epílogo: Y comienza la historia

La guerra entre el Reino de Apolo y el Reich demoniaco nos cayó como anillo al dedo.

Con los nobles apólanos ocupados en sus propios asuntos, el nivel de saqueos y control disminuyó de forma paulatina. Esto, en combinación con mis constantes torneos de arquería, estaba preparando el camino para algo mucho más grande.

Me miré al espejo antes de salir del cuarto.

En verdad crecí.

Mis facciones se habían vuelto más varoniles, al igual que mi estatura que llegó a ser de 1.77 metros, no tan alto como mi vida pasada, pero sí lo suficiente para tener cierto porte con las demás personas.

—Estoy a punto de cumplir la mayoría de edad —susurré, mientras abría la puerta y me dirigía al pasillo—. Estos años no han sido en vano.

Atrás quedó el niñato cobarde, incapaz de proteger a sus seres amados.

«*Pronto tendré la corona de Etrica y muchas cosas van a cambiar por aquí.*»

—Hermano, ¡buenos días! —A mitad del trayecto fui saludado por Alda, la energética niña se convirtió en una linda señorita de oscuros cabellos y ojos azules que aún conservaban su pureza. Si bien, mejoró su técnica de esgrima a un nivel muy elevado, seguía teniendo una ideología bastante noble acerca de la caballería.

Ella portaba un vestido café, con zapatillas blancas y una diadema roja. Sin embargo, en su cinturón colgaba ya una espada larga y estaba mil por ciento seguro, de que también se protegió a sí misma con una pequeña cota de malla debajo del vestido.

Alda quería demostrar que podía ser una luchadora, comandante y señorita de alta sociedad, esto último para fastidiar a Yuka.

Hoy no teníamos entrenamiento, pues era nuestro deber examinar la arena de combate a las afueras de la ciudad.

—Buenos días, Alda. —Le devolví la sonrisa y de inmediato, ambos caminamos juntos hacia el comedor —. Ya faltan dos meses para el torneo, ¿estás emocionada?

—Por supuesto que sí —respondió ella, con el puño al aire y muy motivada —. Voy a ganar el primer premio.

—Eso lo veremos, hermana mía, porque yo pienso hacerme con el primer puesto.

Obviamente los dos decíamos puras tonterías, si bien, habíamos entrenado muy duro estos últimos cinco años, aún no éramos rivales para Sir Einar o Sir Marte Hogan, dos de las mejores espadas del reino.

Justo antes de llegar al comedor, Ingrid Wall nos saludó con una educada reverencia.

—Ulric, Alda, buenos días. —La persona que más cambió, no solo físicamente, sino en personalidad, fue Ingrid. Sus cabellos blancos pasaron de ser una maldición a todo un encanto.

La flor blanca.

Así le apodaron cuando la pubertad hizo efecto y pasó de ser una niña, a toda una señorita. Aun así, el cambio físico se quedaba corto cuando lo comparabas con su nueva mentalidad.

Mamá hizo de ella una cortesana de altísimo nivel, no solo le había enseñado modales y política, también estaba bien versada en poesía, oratoria, psicología y lo más peligroso… Poder de convencimiento.

Pasó de ser una niña tímida que nunca hablaba en lo absoluto, a una persona asertiva capaz de decir sus más profundos pensamientos.

Girasol no bromeaba cuando comentó que su entrenamiento sería infernal.

—Ingrid, justo a tiempo para el desayuno. ¿Estás lista para ir a los terrenos en el exterior?

—Sí, por fin daremos luz verde al plan que tenemos desde hace años. Daré lo mejor de mí para supervisar la comida.

—La operación hamburguesa, suena divertida, pero es más seria de lo que aparenta. —Alda aún no podía superar mi poderosísimo nombre, yo mismo le puse así para brindarnos una idea clara de a dónde nos dirigíamos con esto.

Atraer a las personas con comida gratis, forzarlos a ver el torneo de esgrima y sobre todas las cosas, llegar a las finales como un guerrero anónimo.

Las piezas del tablero poco a poco se acomodaban a mi favor.

—La coronación se llevará a cabo al finalizar el evento, espero dar una buena impresión ante los duques. —Ya me había reunido por separado con cada uno, pero nunca en conjunto.

Honestamente, me sentía un poco nervioso al respecto.

Ellos me conocieron como un niño, pero en pocos meses, seré su legítimo rey. Este evento era de suma importancia para ganarme no solo su lealtad, también su admiración.

Todo lo que aprendí acerca del liderazgo por fin me sería de utilidad.

—No te preocupes. —Ingrid puso su mano izquierda sobre mi hombro y luego sonrió —. Todo saldrá bien, nos hemos esforzado mucho.

—Sí, gracias… —Gracias al entrenamiento que tuvo con mamá, Ingrid pareció ganar la extraña habilidad de saber cuando algo no me gustaba, o cuando me sentía mal.

Aun así, parte de mí se negaba a reconocerla como una señorita. Esto era más un capricho de mi parte y no algo real, con los años, comprendí que no valía la pena poner la moral de un hombre muerto a un mundo totalmente distinto. Pero yo… Aun así…

No, mejor olvidarlo.

—Bueno, ya hablaremos de eso en la mesa, vamos a desayunar. —Alda nos cortó el rollo y rápidamente nos dirigimos hacia el comedor.

*«A partir de aquí, mi historia como el futuro **Rey más pobre del mundo** realmente empezará…»*

FIN

Made in the USA
Columbia, SC
21 September 2023